U0004306

我的 108 課綱古文 15 篇哪有這麼可愛！

本書獻給我的摯友S

他給了我完成本書的信心和好好活著的動力

目錄
contents

先秦篇

漢魏六朝篇

唐宋篇

明清篇

古典臺灣篇

推薦序／反思國文教學的當代可能

徐國能
作家、臺師大國文研究所教授

我們經常遇到一個質疑，學國文有什麼用？

伴隨而來的諸多討論，例如文言文該不該是中學生學習的標的？出現在高中教材中的「推薦選文」有什麼非讀不可的道理？老師應該如何教學才不至於無聊或是把國文課歪成公民課？課文、注釋要死背嗎？學生老實上課和買參考書題本來刷題，哪一個更能提升學測國文成績等等，這些問題，問我也沒有什麼用，但經常，我還是會遇到一些類似的討論，非常傷腦筋。

如果是在上一個世紀七、八〇年代，也就是我念中學的時候，這些問題似乎不是問題。

國文課本就是國立編譯館所編的六大本加上中國文化基本教材，那時的國文課也不多廢話，就是形音義的準確、文章大義的理解、語文知識的嫻熟，偶爾出現一些課外閱讀測驗，考的就是個人的素養功夫啦，會的就會，不會的就不會，非常明確。而那時，國文的內容也沒什麼質疑的空間，弘揚中華文化、培養民族感情、增進語文程度，在那時是不證自明、天經地緯的政治正確。

但隨著時代進步，台灣社會目前對國文的想像與實踐也日趨多樣。「增進語文能力」是所有人的共識，但究竟什麼是「語文能力」，恐怕也很難說得清楚，是對於罕見字詞能一眼定奪其音義，還是下筆不假思索便能立論「如何創造一個富而有禮的社會」；或是在遇到重要問題時，能說出一番讓人乍聽頭頭是道，但細思空無內容的高調言論？

除了「語文能力」，國文課還要培養情意認知、理解文藝欣賞、參與生命教育；並肩負兩性平權、環保永續、民主發展、反霸凌等等重要使命，至於過去所追求的國族情感、歷史聯繫，很可能因為當前政治風向而應稍予淡化。這麼複雜的情況下，國文教學日益困難，對於國文產生學習興趣的學生也愈來愈少。

在這種困境中，近年出現了不少培力國文課程的書籍，意圖用更鮮活的方式，引領學生重新溫習這些值得探索的作品。黃星貿《迷因國文：我的108課綱古文15篇哪有這麼可愛！》便是一本這樣的好書。

《迷因國文》是黃星貿初試啼聲之作，雖然是一本年輕的書，但思考的是一個古老的問題：文學能帶給我們什麼？

這本書從現行課綱中所選十五篇古文出發，以當代語境重新審視選在高中教材中的作品，以不同於傳統的觀點來解析這十五篇作品的優劣得失，提供「教」與「學」的另類選擇。

《迷因國文》以非常鮮活的筆調，討論這些篇章的有趣之處，作者文筆引人入勝，讀來輕鬆卻頗有收穫。作者一方面提供更廣闊的背景資訊，讓作品重新回到歷史的脈絡中，讀者在其中悠然神往，對這些古文的理解也就更深一層。另一方面，作者也拈出許多有趣的問題，讓沉悶的古文有了思考的空間。同時作者善於以今喻古，不僅有趣，同時也發現許多問題，其實古今一致，我們閱讀古代典籍，借鑒其中的智慧，其實也能對今日的課題產生新的思維，這也解釋了為何要讀國文，除了「語文能力」，這個學科也有當代應用價值。

《迷因國文》不是空泛搞笑，也不是道聽塗說的作品，其中補充了不少紮實的史料和文學作品，作為輔助理解文本的根基，在諸多談古論今的作品中，《迷因國文》有其學術理想的一面，這反映了作者不僅想寫一部推廣性的書籍，更具有相當高的教育理想，也能在其中見其治學之謹；談國學，不能空泛疏淺，但如何轉換這些偏向學術性的資料而使其具備可讀性，那就是作者的苦心和才華了。

回顧我們的國文教育，在諸多茫然中，尚有年輕學人願意付出心力，調整語言來講述這些值得深思的篇章，這不啻是件令人感動的事，讓我想起了國中時讀過的那首詩：

種豆南山下，草盛豆苗稀。
晨興理荒穢，帶月荷鋤歸。
道狹草木長，夕露沾我衣。
衣沾不足惜，但使願無違。

無論種豆、讀書、撰稿或弘揚文化，都是件辛苦的事，我很佩服、感謝星貿這樣的青年學者，濁世滔滔，但願美好的初心，都能結實如南山之豆，供我們在冬夜吟詠時取暖。

題解／寫給不知道「迷因」是啥的老人家

「迷因」分廣狹二義。

狹義的「迷因」略等同於網路上流行的「梗圖」。常常是同一張流傳甚廣的搞笑圖片，網友各自發揮創意，添上不同的文字或做簡單的改圖，就能表達各種搞笑情境，是當代最流行的網路內容之一。

比如本書〈師說〉篇的第一張狗狗對比圖，就是一張應用廣泛的迷因圖，可以對比「國中的我（每天早上七點起床上學補習到晚上九點／再熬夜到凌晨兩點照樣活蹦亂跳）vs.大學的我（蛤怎麼有早八我要死了）」、「二戰德軍（豹式橫掃全歐／虎式天下無敵）vs.現在的德軍（坦克妥善率不到一半／我們給烏克蘭頭盔就好）」等等。

廣義的「迷因（meme）」於一九七六年由理查・道金斯在《自私的基因》一書中提出。《牛津英語詞典》給它的定義是：「迷因，文化中被認為會經由非遺傳的方式，尤其指透過模仿，來傳遞下去的一項元素。」

道金斯認為，文化的碎片「迷因」也像「基因（gene）」一樣，會不斷複製、重組，藉此塑造人類的所有生活習慣，一如「基因」塑造生物。因此舉凡一切語言文字、歌曲、藝術、理論、技術等等透過模仿、學習來傳遞、擴散的，都是「迷因」。而前述不斷被重複模仿、改編的梗圖，當然也算是「迷因」的一種。

從狹義的觀點看，本書嘗試透過年輕人間流行的「迷因梗圖」，偷渡古文的內容。現在的小孩、甚至我這一代的人讀文字較少，對圖像更熟悉，所以希望用他們習慣的方式傳遞笑點，又能造成一些雅／俗、古／今合一的滑稽衝突感，看能不能騙他們多讀一些字。

從廣義的觀點看，古文本身當然也是「迷因」。而迷因像基因一樣不能生存於真空之中，是要不斷與其他迷因交織、不斷適應新的環境，才能延續生命。因此想延續古文的生命，就不能自外於新的迷因環境，我們可以主動出擊，把新舊迷因摻在一起做撒尿牛丸，讓古文「迷因」起來！

序／警語：中文人的本事

我的恩師陳麗明老師曾對我們提問：「國文科的學科本質是什麼？」這個問題近年深深困擾著每個國文老師，掙扎著找尋自己存在的意義。「傳承中華文化」難免通匪之譏、「心靈成長」苦無明證、「鑑往知來」又無以別於歷史課。

我目前比較喜歡的答案，是「理解與表達」。

一之一／理解：以意逆志與知人論世

中文人素有「以意逆志」與「知人論世」的傳統。前者是透過文章、語言揣摩推敲對方當下的心境想法；後者是透過周邊的材料還原當時的情境，從而理解人物。

我想，這是中文人有別於歷史學家、哲學家、心理學家的看門本事，我們更願意穿越時代、抽絲剝繭，只為了看清楚一個死人的心事。而這份「理解」的誠意與技術，我相信只有中文人能提供給學生。

我對古人的誠意，就是把他們拉下神壇，還原成一些活生生血淋淋的人，可以想像、可以親近、也可以討厭。藍染惣右介有云：「崇拜，是距離理解最遠的感情。」大哉斯言！

而一〇八課綱強調「培養深度思辨及系統思維的能力」，近年考試也喜歡從各種不同的材料、不同的立場探討相關主題。這也暗合本書從歷史、政治、思想、作者心境、寫作手法等多方刁鑽角度切入，以便更深入理解課文的嘗試。

本書希望透過這份「理解」，帶著讀者認識到每個課本人物的複雜。他們時而狡詐多變、時而高傲愚昧、時而大義凜然、時而柔情哀婉。他們個個不同、但也個個相通，一如我們自己、一如生活中遇到的所有人。

如果可能，我希望學生能在國文課學到這些。當他們離開學校之後，不會盲目崇拜、也不會麻木不仁。對任何人都能將心比心，上至總統、下至罪犯、近到家人、遠達仇敵，可以認識世界，也能了解自己。

一之二／警語：舊聞放失與詩無達詁

客觀來說，我們不可能完全理解另一個人，甚至也不可能完全理解自己。本書的所有內容亦然，不可能百分百是真實的，即使我都努力考證過了。史料有參差、詮釋有奇正、才力有侷限，即使只是史實的陳述也很難保證真偽，何況「理解古人心事」原是誅心、「覆盤歷史假說」更屬無稽。我只能寫出我個人覺得較合理的說法，如果您的看法與我不同，純屬自然現象。尤其專業的讀者，更希望十方大德踴躍出來罵我，提高本書的銷量，補充本書與本人的疏漏無知。

甚至我也不希望讀者全盤接受，本書從不想為課文蓋棺定論。大家吵吵鬧鬧、大家各自表述，正是「迷因」還活著、還有競爭力的證據。這也是課綱「理解多元價值」的真正體現。

二之一／表達：道在屎溺與博雅弘辯

東郭子問莊子「道在哪裡？」莊子回答：「道在屎尿。」東郭子問：「怎麼這麼低級？」莊子回答：「越低級越清楚。」

厭世國文老師陳洋洋云：「有的沒的廢話反而讓古文不再被視為廢物。」我相信中文人所學既雜，表達中可以有「詩言志」、「文章經國之大業」這種嚴肅的一面；也可以有「風乎舞雩，詠而歸」的快意、「嬉笑怒罵，皆成文章」的諧謔、「道在屎溺，每下愈況」的灑脫。

孟子謂「教亦多術」，針對不同的對象、不同的目標，要嘗試用不同的表達方法行文、教學，才能摸索到最好的辦法。

本書行文融入流行用語、社會議題、迷因梗圖之外，也大量引用古文材料、學術成果，讓同學在最低俗的趣味中也能看見最深厚的文化內涵，讓古典與現代深度融合、典雅與搞笑反覆橫跳。

《一〇八課綱》云：「善用科技、資訊與各類媒體所提供的素材，進行閱讀思考，整合資訊，激發省思及批判媒體倫理與社會議題的能力。」本書積極整合、致力批判，期許拙作能作為初學獨立思考、批判寫作的示範，希望與同學一起學習找出有問題的概念、引用證據證明自己的觀點、最終把這些包裝成好看有趣的文章。

二之二／警語：愛奇反經與歷史都是當代史

嚴格來說，世界上所有的表達都是扭曲的。

《文心雕龍》說《史記》是「愛奇反經」；歷史學家克羅齊說：「一切歷史都是當代史。」

前者是說司馬遷有時候太過浪漫，傾向於相信神奇、有張力的情節，因而背離經典；後者是說任何人都會被自己的思想、意識形態影響，不可能完全客觀寫歷史，因此任何人寫的歷史都會反映書寫者本身的時代。

本書這兩種疑慮都有，我可能下意識為了「節目效果」而選擇相信更有趣的歷史詮釋，甚至遊走在倫理道德與歧視的底線（讀者應該不難在文中察覺我盡力避免歧視的痕跡。但我也知道，我心中的政治正確審查員一定有不夠敏銳的時候，如果讀者有感到不舒服的地方，可以聯絡我或出版社，我們會在後續版本中修正）。我也可能有意無意因為自身的意識形態，而褒貶歷史人物。

所以還是一樣的提醒，不要全盤相信我。

三／中文人的本事

綜上，本書希望運用最通俗、最犀利的表達，提供最深刻、最細膩的理解。我相信，這是我輩中文人的本事（現指能力，原義有本務之事的意思）。

如果你是想貼近學生的老師、想學好國文的學生、想用史料打臉老師的學生、想花錢緩解108焦慮的家長、想認清古人真面目的社會人、純粹想看搞笑迷因梗圖的活網人，這裡可能有你在找的東西。

本書大概不會是最好的古文解讀，但有可能，剛好是最適合你的古文解讀。

先秦篇

- 綠茶必學的挑撥離間成功術？？

——〈燭之武退秦師〉恩怨情仇大詳解

- 李斯與大〇〇之亂！

——課本不敢說的〈諫逐客書〉真相

- 孫中山：大同就是共產主義！

——〈大同與小康〉扭曲的詮釋史

綠茶[1]必學的挑撥離間成功術??——〈燭之武退秦師〉恩怨情仇大詳解

古文及翻譯蒟蒻詳見P40

〈燭之武退秦師〉的故事很短。就說晉國、秦國聯軍要打鄭國，鄭國派燭之武去找秦穆公嘴砲一下：「你們打我沒好處，不如我們當好朋友ㄅ！」他就退兵了，然後晉文公也只好退兵了。

都說這篇是談（ㄊㄧㄠˇ）判（ㄅㄛ）說（ㄌㄧˊ）服（ㄐㄧㄢˋ）的典範，但大家不免懷疑，就這樣隨便兩句屁話，秦穆公就退兵了？那你出兵的時候到底是有多隨便？

其實這是因為課本只有一小段故事，沒頭沒尾的，也搞不清楚大的歷史框架，當然看得人滿頭問號。讓我們先問，到底為何要扁鄭國，真的是因為鄭文公太白目了嗎？

鄭文公你禮貌嗎？

課文第一段就說了，晉文公要扁鄭國，是因為鄭文公「無禮於晉，且貳於楚也」這兩個原因。教育部的翻譯是：「（當年晉文公流亡在外，經過鄭國時）鄭文公未加禮遇，現在又暗中勾結楚國，對晉國懷有二心。」這說的沒有錯，但鄭文公是白癡欠揍嗎？為何要「無禮於晉」又「貳於楚」呢？

我們要先簡單梳理一下時代格局與鄭文公的外交政策。

1　一般又寫成「綠茶婊」，指在感情中偽裝清純，實則心機很重，喜歡拆散情侶、挑撥離間的女性或男性，因為表面上單純無害如無糖綠茶而得名。經典的案例如：某異性戀情侶吵架後，綠茶女去聽男生訴苦，跟他說：「姊姊怎麼這樣，哥哥好可憐。不像我，我只會心疼哥哥。」表面上是單純安慰，實則暗中貶低他女友抬高自己。寫到這，我哥說：「『綠茶婊』這個詞算不算性別歧視？」我思考很久，我的答案是：「綠茶不分男女，他們的行為也確實不可取，無所謂歧視。但用『婊』字不妥，性工作者勞苦功高，勤勤懇懇賺錢，不能跟他們綠茶混為一談，所以沒有性別歧視，但涉及職業歧視。」

話說春秋，周德淪喪[2]、禮崩樂壞，霸主代興。周天子講話就像高中班導師一樣沒人鳥了，國際秩序轉由霸主負責維護。

首先是齊桓公稱霸；齊桓死後，楚國打贏宋國，楚國稱霸；到課文時間點前兩年，晉國又打贏楚國，晉國稱霸。

鄭文公的政策很簡單，就是「西瓜偎大邊[3]政策」，齊國稱霸就跟著齊國、楚國爭霸就跟著楚國、晉國稱霸就跟著晉國。

所以「貳於楚」是怎麼回事呢？

當時鄭國已經當了楚國小弟十幾年，還被人家救過[4]，晉楚打架爭霸，

他當然要參戰支持大哥。結果打輸了，晉國成了新一代霸主，然後鄭國很機伶的又又又投降晉國了。又過兩年才有了課文中秦晉包圍鄭國的一幕。

我們如果光看翻譯「現在又暗中勾結楚國，對晉國懷有二心」，很容易誤以為鄭國一直是晉國的小弟，跑去跟楚國亂搞給晉國戴綠帽。有的教科書說鄭文公出兵助楚是「背晉親楚」更是胡扯。其實正好相反，鄭國一直是楚國小弟，看老大打輸了馬上見風轉舵投降給敵人晉國。

因此這裡的「貳於楚」應該頂多是說，鄭文公投降之後還是跟前男友楚國有聯絡而已。而鄭文公的決策還是很合理的，事前出兵幫助老大是他作為小弟的本分、事後投降勝利者是他作為外交家的眼光。

2　春秋始於「平王東遷」，它常被視為一個正面的故事，但其實是平王想篡位，於是勾結犬戎攻入鎬京，害死了周幽王，葬送了西周。所以說「周德衰」不只是抽象意義的「國運」衰敗，更是真實的道德正當性毀滅，一個弒父叛國的周天子有什麼資格叫大家遵守周禮？至於什麼褒姒「烽火戲諸侯」純屬抹黑造謠，當時根本沒有烽火這種東西。

3　台語正字「西瓜倚大爿」。

4　泓水之戰宋襄公攻打楚國小弟鄭國，楚國出兵救鄭，殺死了宋襄公（中流箭後不治）。

「貳於楚」說完了，接著說「無禮於晉」。

從前從前，晉文公的爸爸養了個小妾綠茶女，綠茶女小妾想要自己的兒子繼承晉國，就設計陷害其他所有兒子[5]，晉文公於是無家可歸，流浪在各國，後來才借秦國的軍隊殺回去篡位。流亡途中常常被追殺、被羞辱，比如衛國、鄭國不想接待他、曹國國君跑去看他洗澡[6]；但也遇到一些禮遇他的國君，比如齊國、宋國、楚國。

那麼鄭文公為何不接待他呢？不接待他算不算「無禮於晉」呢？

我們要知道，晉文公當時不但不是國君[7]，而且根本是晉國的通緝犯！更

是隨時準備勾結敵人謀反的大叛賊！所以其實接待他才叫「無禮於晉」，而且還真的有國家因為收留晉文公而被晉國爆揍一頓，比如翟國。

所以我們看到不禮遇晉文公的衛國、鄭國、曹國，其實都是晉國周邊的小國，除了曹國國君是真色胚[8]，恐怕大家也是怕挨揍才不敢理他。而齊國、宋

5 爸爸的小妾綠茶女先跟晉國太子（即晉文公的哥哥）說：「我夢到你過世的媽媽欸，你要不要去拜拜。」太子就去拜拜，拜完把祭品拿給爸爸，爸爸要吃之前綠茶女趁機在裡面下毒，再趕快找人來驗，毒死了試吃的人跟一條小狗。爸爸就很生氣要殺太子，太子說：「只有綠茶女能讓爸爸快樂。」所以沒反駁就自殺了。綠茶女又跟爸爸說「其他幾個兒子也是共犯」，於是晉文公跟他的兄弟晉惠公都逃走了，爸爸就覺得他們逃跑表示心虛，派兵追殺他們，晉文公被逼著輾轉流亡。

6 傳說晉文公身上有「駢脅」，曹國國君想趁他洗澡的時候偷看。「駢」是成對、「脅」是肋骨，一般是解釋成「肋骨連成一整片，而不是一根一根的」（人體龜殼？），真是太神奇了。但有些醫學專家說這樣沒辦法呼吸，根本不可能活著。因此有的人是解釋成「肌肉很壯」。我個人比較相信這個說法。而且我認為很可能是現在所謂的「鯊魚線」、「子彈肌」，子彈肌很明顯的人，不是就好像在身體側面多兩排肋骨一樣嗎？曹國國君想看晉文公性感子彈肌，也是人之常情（並不是）。

7 當然所謂「晉文公」是他繼位並死亡之後的稱號，當時一般叫他「公子重耳」。

8 曹共公偷看晉文公洗澡一圖，靈感來自獵奇書《烏龜的殼其實是肋骨》。

國、楚國國力較強、離得較遠，看熱鬧不嫌事大，最好晉文公回去造反，成功了我對晉文公有恩，失敗了晉國也不能拿我怎樣。

因此，鄭文公「無禮於晉」其實也是很合理的。若要說有錯，可能是錯在當時沒有聽大臣的建議，應該乾脆把晉文公抓來宰了才對。

既然鄭文公也沒做錯什麼，晉文公就這麼鳥肚雞腸，抓著這些小問題不放，就要滅人家國嗎？這就是你當霸主的氣度風範？你是恐怖情人嗎？人家跟前男友聯絡一下你就要殺他全家？

說到底，這都是政客的藉口。其實是因為，鄭國的戰略位置，正好就在晉

鄭國的戰略位置

國的咽喉「軹關陘」的出口。楚國只要通過軹關陘，就能穿越太行山天險，直抵晉國首都「絳城」老巢，殺他個措手不及。因此鄭國必須牢牢掌握在晉國手裡，晉國這個霸主才當得有安全感。鄭國這個渣男以前能背叛齊國、楚國，未來當然也能背叛晉國，盟友不可靠，只有收歸己有才能安心。

秦穆公人怎麼那麼好？

開頭核心的疑問是，秦穆公怎麼耳根這麼軟，講兩句廢話就答應了。這要從秦穆公跟晉國的恩怨情仇講起。話若欲講透機，目屎是掰袂離！

話說當年晉國綠茶女逼走諸公子，但她兒子並不被晉國人認可，所以爸爸死後，綠茶女和她的兒子們馬上喜聞樂見地被大臣殺了，啪地一下很快阿，真是天道好輪迴蒼天饒過誰。這故事告訴我們，要講武德，不要搞窩裡鬥。

於是晉文公的兄弟晉惠公跑去找秦穆公，要秦穆公派軍隊護送他回去繼位，秦穆公要他拿八座城來換，晉惠公答應了。惠公繼位之後卻馬上反悔，這就是課文裡的「許君焦、瑕[9]，朝濟而夕設版」，秦穆公很生氣，但他知道，暴怒的人挑起爭端、忍耐的人止息紛爭，於是他忍了。

三年之後，晉國鬧饑荒，秦穆公以德報怨，大老遠送糧食給他們；隔年，換秦國鬧饑荒，晉惠公卻以怨報德，竟然喪心病狂的出兵攻打秦國。真是叔可忍嬸嬸都不可忍，隔年秦國反攻晉國，俘虜了晉惠公，氣得要把他宰了祭天。後來秦穆公老婆[10]跟周天子都來求情，秦穆公才把晉惠公放了，但拿走了攻打下來的土地，並要求晉惠公留下兒子當人質。

後來晉惠公死了，兒子從秦國逃回去繼位，秦穆公覺得很不爽，就派兵把晉文公送回去篡位。四年之間，晉文公把之前亂七八糟的晉國治理得國力超強，甚至打敗了當時最強勢的楚國，繼承霸主之位。再之後就是課文的情況了。

回到問題：「秦穆公人怎麼這麼好？」

首先要問，他幹嘛三番兩次插手晉國內政？他當然不是想做慈善，幫助穩定晉國，而是想混水摸魚。

他對晉惠公的評價是：「忌則多怨，又焉能克？是吾利也。」（他為人猜忌，一定會引起不滿，怎麼能成功呢？這對我有好處。）顯然他一開始就知道晉惠公做人機歪，送他回去搞亂晉國，自己可以從中得利，看之後是要攻打、還是要操控他什麼的。殊不知結果迴力鏢打到自己，惠公恩將仇報，不但背棄承諾，甚至落井下石（趁秦國鬧饑荒攻擊他的村莊）。

然後他學乖了，把名聲比較好的晉文公送回去，結果晉文公又有點好過頭了，把晉國治理得異常強大，而且謹守國家利益，沒有留給秦穆公半點好處[11]。

經過這段時間的折騰，秦穆公大概發現，他想要靠著干涉晉國來往東發展，似乎是沒啥希望了。眼下有兩個選擇：第一，繼續跟晉國好，看能不能混口湯喝；第二，跟晉國翻臉，直接跟他們搶地盤。

---

9 說明一下，焦、瑕以外其他六城可能在後來的戰爭中被秦穆公奪走了。而焦、瑕兩城位於函谷關（當時還沒有建關）的兩側，是秦國東進的戰略通道，至關重要，也是後來「殽之戰」的戰場附近。可看出為何秦穆公想要、晉惠公不想給，秦穆公想出函谷關爭霸，晉惠公要把他鎖死在關外（詳P30圖）。

10 秦穆公老婆是晉惠公、晉文公的姊姊。

11 不要覺得秦穆公傻。想操控別國內政，結果所託非人，是很常見的事情。大家可能都忘了，烏克蘭總統澤連斯基在當選前，常被視為親俄派，「通敵」傳言甚囂塵上，也有研究顯示俄國透過網軍為其助選，結果大家都看到了。不過這也說明了，想要選擇立場較溫和的總統來避免戰爭，可能適得其反。

他跟著晉文公出兵鄭國，顯然暫時選擇了前者。

知道了秦穆公的處境，我們再白話翻譯一下燭之武說了啥：

1. 晉國是大渣男，說要分你鄭國，不一定會實現[12]。

2. 愛不能克服遠距離，就算得到，你也留不住[13]。

3. 晉國拿下鄭國變強大，對你來說是個禍患，以後就會去搶你的土地[14]。

4. 你不如跟我們當朋友，駐軍在這，不失為一步活棋[15]。

前面三條，秦穆公身為秦國霸業的奠基者，雄才大略堪比始皇，哪裡會不知道？只是還在猶豫要不要翻臉、什麼時候翻臉罷了。

而第四條，則正好給了猶豫中的秦穆公最後的關鍵砝碼，天秤朝向翻臉一邊傾斜了。我們要知道，准許他國駐軍算是讓渡了部分主權，也算是認秦國當半個老大的意思。這支軍隊未來也可能可以控制鄭國、背刺或牽制晉國、甚至東征中原，大有用處。

秦穆公終於在東邊收了半個小弟，又在晉國背後安排了一根刺，於是「秦伯說（悅），與鄭人盟。」十分開心。所以秦穆公當然不是心太軟、也不是耳根軟沒想清楚，而是切實得到了意外的利益。

所以算誰得利？宜得利嗎？

想回答這個問題，要說一下事件後來的發展。

課文的結局是秦國駐軍、退兵，晉國出於道德上的理由也退兵[16]，皆大歡喜，只差沒說鄭國人民從此過著幸福快樂的生活了。但其實課本之外，有幾件重要後續沒有交代：

---

12 「且君嘗為晉君賜矣！許君焦、瑕，朝濟而夕設版焉！君之所知也。」

13 「越國以鄙遠，君知其難也。」

14 「焉用亡鄭以陪鄰？鄰之厚，君之薄也。」、「夫晉，何厭之有？既東封鄭，又欲肆其西封，若不闕秦，將焉取之？」

15 「若舍鄭以為東道主，行李之往來，共其乏困，君亦無所害。」這裡是有點超譯，字面上「行李」只是指外交使者，而非駐軍，但結合後文，可推測他的意思就是指駐軍。

16 春秋時期雖然禮崩樂壞，但霸主的名聲還是很重要，若是才剛當上霸主就為了爭搶地盤與恩人秦穆公翻臉，恐怕小弟們難以信服。另外鄭國其實不算真的很弱（鄭文公的爺爺莊公還號稱「春秋小霸」），現在秦國倒戈協防，萬一打輸就丟臉丟大了。

第一件是鄭文公承諾要讓一個自己不喜歡，但立場親晉的兒子繼位（當然他後來也是喜聞樂見的背叛了晉國）。

第二件是兩年後，鄭文公、晉文公相繼去世，老同志秦穆公不講武德，趁機偷襲鄭國，想與駐鄭秦軍裡應外合，殺他個措手不及。但中途遭發現，遂不戰而返，卻在回程遭披麻帶孝的晉軍截擊，全軍覆沒，此即著名的「殽之戰」。此戰之後秦、晉正式決裂，一直互毆不斷，直到晉國裂解。

對鄭國來說，雖然付出一些代價，但總算沒有亡國，是不幸中的大幸。

對晉國而言，不能併吞鄭國，反而丟了秦國這個重要盟友，可說是血虧。

圖解國際政治

對秦國而言，當下取得在鄭國駐軍的利益，但在兩年後即化為烏有，日後與晉國的爭鬥之中互有勝負，但收穫十分有限。

總結下來，燭之武出讓部分主權，就挑撥得兩強反目，使鄭國得以倖存，確實很高明。

有些人主張秦、晉利益衝突，終須翻臉，非燭之武之功。我覺得倒很難說，從後來的發展來看，秦晉相爭，領土數度交換，對雙方都是資源的虛耗，翻臉並無好處。如果秦晉友好，合力伐楚，未必不能瓜分更多領地[17]。

而燭之武所謂「又欲肆其西封，若不闕秦，將焉取之」的預言也不盡中肯，晉國主要的精力還是在東向中原及南向楚國，對秦國實以防備為主。從歷史的後見之明來看，應該說秦穆公是上了燭之武的當。

何況即使終須翻臉，也可以等到滅鄭之後再翻臉，鄭國在千鈞一髮之際，引

17　當然歷史很難說如果，若是秦晉瓜分楚地，一定也是晉占大頭，屆時回頭滅秦，亦未可知。

動雙方矛盾，仍不可不謂巧妙。

燭之武很棒，學學燭之武？

本課往往被視為「說服」的典範，但國文課堂上多半只從「為對方著想」說明，實在是膚淺。在這次的談判中，鄭國能看破秦晉貌合神離的大局最為關鍵，其次是提供讓秦國駐軍的籌碼，最後才是枝微末節的說話技巧。

所以若是想效法燭之武，與其字斟句酌他的談話（何況一般也認為那些話是作者腦補的），不如在看國際新聞、政治新聞的時候，多關注大的格局，細思所有事件利益的流向。不過當然這就不是國文課能處理的問題了。

綠茶教學

數十年後，本文所有角色都到了地獄。

秦穆公雖然憤恨燭之武耍了自己，害他跟子彈肌弟弟晉文公感情破裂，害得殽之戰中秦國男兒死傷無數，但人死都死了，往事如煙也不必再計較。

他倒是很好奇、甚至有點佩服燭之武，燭之武為何能如此綠茶，挑撥得如此熟練，就問他：「你怎麼做到這麼綠茶的啊？」

燭之武微微一笑，自信說道：

「因為我讀了《迷因國文》。

「《迷因國文》是一本積極新創、文章齊全、學術實力雄厚、行文特色鮮明，在國際上具有重要影響力與競爭力的綜合性書籍，在多個學術領域具有非常前瞻的文化實力，擁有世界一流的編輯與繪師力量，各種排名均位於全球前列。歡迎大家購買《迷因國文》。」

燭之武退秦師

左丘明

古人說

晉侯、秦伯圍鄭，以其無禮於晉，且貳於楚也。晉軍函陵，秦軍氾南。佚之狐言於鄭伯曰：「國危矣！若使燭之武見秦君，師必退。」公從之。辭曰：「臣之壯也，猶不如人。今老矣！無能為也已。」公曰：「吾不能早用子，今急而求子，是寡人之過也。然鄭亡，子亦有不利焉！」許之，夜縋而出。

見秦伯曰：「秦、晉圍鄭，鄭既知亡矣！若亡鄭而有益於君，敢以煩執事。越國以鄙遠，君知其難也。焉用亡鄭以陪鄰？鄰之厚，君之薄也。若舍鄭以為東道主，行李之往來，共其乏困，君亦無所害。且君嘗為晉君賜矣！許君焦、瑕，朝濟而夕設版焉！君之所知也。夫晉，何厭之有？既東封鄭，又欲肆其西封，若不闕秦，將焉取之？闕秦以利晉，惟君圖之！」

秦伯說，與鄭人盟。使杞子、逢孫、楊孫戍之，乃還。

子犯請擊之，公曰：「不可。微夫人之力不及此。因人之力而敝之，不仁。失其所與，不知。以亂易整，不武。吾其還也。」亦去之。

翻譯蒟蒻

晉文公、秦穆公包圍鄭國，因為鄭國對晉國無禮（指晉文公流亡時沒有好好招待他），又親近楚國對晉國有貳心。晉國駐軍函陵，秦國駐軍氾南。佚之狐跟鄭文公說：「國家危險了！如果讓燭之武去見秦穆公，他們一定會撤軍。」

鄭文公聽他的。燭之武推辭說：「我壯年的時候，都不如別人。現在老了！沒有辦法了。」鄭文公說：「我不能早點重用你，現在危急了才找你，是我的錯。但鄭國滅亡的話，對你也不利啊！」燭之武答應了，趁夜晚繩用索垂降出城。

燭之武見到秦穆公說：「秦、晉包圍鄭，鄭國已經知道死定了！如果滅亡鄭國對你有利，那就勞煩你們來打吧。隔著一個國家在遠方建立領土，你也知道很困難。幹嘛要滅亡鄭國來擴大鄰國（指晉國）？鄰國的壯大，就是在削弱貴國。如果不打鄭國，讓我們做個東方通道招待你們的主人，使節往來時，鄭國可以照顧他們，對你也沒壞處。而且你曾經對晉國國君很好了（指協助晉惠公、晉文公繼位等）！但是他們明明答應要給你焦、瑕兩地，結果早上渡過黃河去繼位，晚上就築牆防堵你！這你早就知道了。晉國，哪裡會滿足呢？往東併吞了鄭國，他們又會想向西方擴張，如果不損害秦國，他去哪擴張呢？損害秦國來圖利晉國這種事，希望你再考慮考慮！」

秦穆公很高興，就跟鄭人結盟。派杞子、逢孫、楊孫協防，就回去了。子犯（晉文公大臣）請求攻擊秦軍，晉文公說：「不可以。沒有秦穆公我們就沒有今天。借用了他的力量又去攻擊他，是不仁。會失去秦國這個盟友，是不智。製造混亂破壞和諧，是不講武德。我也回去吧。」於是晉軍也離開了。

李斯與大○○之亂！——課本不敢說的〈諫逐客書〉真相

課本上〈諫逐客書〉的背景，都說是一個間諜案。說是韓國為了消耗秦國國力，派間諜去幫他們蓋水渠；秦始皇發現了，於是覺得這些外國人個個都是壞蛋，要趕走他們。

聽上去還算有道理，但有些bug難以解釋。首先該間諜後來不但沒事，還繼續把水渠蓋完，可見秦國根本沒多生氣；其次該水渠開工前後，秦始皇才十三歲，正是呂不韋當宰相主導國政的時候，呂不韋本人就是外國人，他自己趕走自己嗎？

因此目前學界的主流意見，〈諫逐客書〉不是針對這個事件，而其實是在水渠開工十年之後，針對權相呂不韋黨羽的政治清算。在這背後，是連三立編劇也不敢想像的世界級狗血大戲，通姦、私生子、豪門奪權、暗殺、叛國、造反，還有，超、級、大、〇、〇!!!

大〇〇之亂[1]

話說大商人呂不韋在趙國做生意，找了一個美艷動人、會跳熱舞的女朋友，我們叫她趙姬。

一天秦國王子來找呂不韋喝酒，忽然看到趙姬，頓時心臟狂跳、ＢＧＭ響起「只要看你一眼一瞬間，哪怕是最後畫面」，王子霍然拿酒杯站起來，誠懇的對呂不韋說：「我要娶她。」呂不韋一臉矇逼，但他需要利用王子在秦國掌權，於是在一杯酒的時間內，就決定把趙姬讓給王子。

後來幾經波折，王子在呂不韋的運作之下，成功當上了秦王，並與趙姬生下了大兒子嬴政，即後來的秦始皇（史記裡暗示秦始皇其實是呂不韋的種，有人信有人不信），呂不韋也因為這層關係當上了宰相。

好景不常，秦始皇爸爸即位三年就死了，享年三十三歲（也有人猜是呂不韋及其他權臣把他暗殺了，好控制才十二歲的小嬴政）。這時趙姬正是三十如狼四十如虎的年紀，空閨難守，便又去找前男友呂不韋，一時乾柴烈火的又好上了。然而呂不韋一方面公務繁忙、一方面傳出去也不大好聽，於是這種詭異關係維持一陣子之後就想著要分手（這裡無意指責趙姬展現性自主有任何不妥之處，不論女性、男性想選擇怎樣的性伴侶、建立多少性關係，只要參與者知情同意，都是個人的自由）。

但趙姬作為王上親媽也是很有政治影響力的，要怎麼分手又不撕破臉呢？

呂不韋就給她找來了一位超能力者嫪毐（音「烙矮」），他〇〇超大超硬，能把木頭車輪掛在〇〇上轉動，人送外號「大陰人」（指生殖器很大）。趙姬對

1　本段故事部分參考李開元《秦謎：秦始皇的秘密》一書，該書雖力求客觀嚴謹，但本質上是運用大量推理補充歷史的空白，許多情節其實沒有確鑿的證據。這邊也推薦大家去找書來看，行文風格廢話偏多，但故事還是很精彩的。

嫪毐愛不釋手，整天跟他混在一起，跟他生了兩個小孩，甚至把自己的政治勢力都交給他打理。

嫪毐勢力一天天坐大，甚至因為消滅秦始皇弟弟的叛亂有功，被封為侯爵，逐漸演變成能與呂不韋抗衡的新興力量。他開始得意忘形，竟當眾口出狂言，說自己是秦始皇的乾爸爸[2]。秦始皇與呂不韋對嫪毐越來越不滿、越來越忌憚，衝突一觸即發。

但嫪毐哪裡是省油的燈，決定先下手為強，決定在始皇成年禮前夕發動政變，在始皇親自執政之前，殺他個措手不及。但始皇、呂不韋何許人也？我預判你的預判，一聲令下，一眾嫪毐的政

呂不韋:
趙姬她啊，只要送OO就會感到開心

敵有備而來，很快剿滅了叛軍，活捉嫪毐，將其五馬分屍（我不知道分屍的時候是拉他的大頭還是小頭）。而嫪毐背後的太后趙姬，也就是始皇親媽，也被逐出首都。

螳螂捕蟬、黃雀在後，正當呂不韋消滅了心腹大患，以為高枕無憂的時候，秦始皇卻冷冷地說：「嫪毐是你帶進來給我媽的，你該當何罪？」原來這是秦始皇的一箭雙鵰之計，一口氣消滅了秦國兩大山頭，為自己獨攬大權打穩基礎。

於是秦始皇罷免呂不韋，開始親自

2　他喝醉了。

執政。也正是這個時候，秦始皇下了「逐客令」，下令把呂不韋手下一眾外國門客全部趕出秦國。而李斯，正是呂不韋門客出身的頭面人物。

千古帝師

既然「逐客令」是如此重要的政治清算，秦始皇為何收回成命、李斯又憑什麼打動秦始皇的鐵石心腸呢？這要從兩人初次見面的那一天說起……

那年秦始皇剛剛即位，年僅十三歲，才剛回秦國三年[3]、又痛失慈父，疑似殺父仇人的呂不韋等人把他當提線木偶在操弄，前途一片晦暗不明。小嬴政後來再怎麼雄材偉略，這時一定也充滿了迷茫與惶恐。

李斯這年三十四歲，跟始皇剛過世的爸爸差不多。他看準了秦國統一天下的潛力，先加入呂不韋團隊，並藉此見到了這位「世界未來的主人翁」。見到他的那一刻，李斯似乎能穿透秦始皇稚嫩的外表，看到他骨子裡藐視蒼生的驕傲、氣吞山河的野心。

他說：「今諸侯服秦，譬若郡縣。夫以秦之彊，大王之賢，由灶上騷除，足以滅諸侯，成帝業，為天下一統，此萬世之一時也。」現在諸侯臣服於秦，就像郡縣一樣，以你的能力，消滅諸侯、統一天下就像擦流理台一樣簡單，這是萬年不遇的唯一機會。

這些話現在看起來彷彿只是拍馬屁的廢話，但回到當時的情境來看，這乃是劃時代的政治宣言、是中國千年帝制的第一聲啼哭。

首先要知道，在秦滅六國稱帝以前，周天子不過是諸侯的盟主，是協調者、仲裁者，而不是宰制者。這就是「諸侯」與「郡縣」最重要的區別。在此之前，各國雖然已經開始厲行軍國主義、互相兼併，但沒有人點出這一切的終點是什麼、沒有人去設想一個沒有任何諸侯的社會該是怎樣，歷來所謂「霸主」最多是以取代周天子為目標。

但李斯為歷史指定了道路，更為秦始皇指出了人生的方向，那就是消滅一切諸侯，每一寸土地都直屬於皇帝本人、每一個人不論貴賤都是皇帝的奴隸，從而締造永遠的和平。而李斯相信，這件改天換地的偉業，只有眼前這個小孩、十三

3　他在趙國出生，後秦趙交惡，他被困在趙國。

歲的嬴政能夠完成。我老闆呂不韋不行、嫪毐不行、宮中的權臣太后都不行，只有你行。

於是小嬴政把他留在身邊，我想這時的李斯既是幕僚，更是導師。

我等你在前方回頭，而我不回頭，你要不要我？[4]

回到十年後取消清算呂不韋門客的〈諫逐客書〉。它發揮功效的原因，除了李斯跟始皇的基情之外，論點還是很有道理的。

課文分成三段：第一段說秦國的歷史經驗，前代先王重用商鞅、張儀等外國人，功效顯著；第二段說很多美女珠寶音樂都是外國來的，為什麼人才不能是外國人才？（說實話這個論點站不住腳，人才會當間諜、會造反，珠寶又不會）；第三段說王者格局要開闊、要國際化，不能把人才趕去別國效力。

其中第三段篇幅最短，但卻最為重要。結合上節所論秦帝國的劃時代意義，李斯要說的是，秦國將不再是一個諸侯國，而乃是一個世界帝國，世界帝國眼中自然沒有國內國外之分。「地無四方，民無異國」這世上所有土地都是你的、所有人都是你的，要先有如此胸襟，才能成就如此帝業。

不過這三點聽起來總覺空泛，好像還差一點點什麼。政治人物的決策，除了理念，更重要的是立刻兌現的利益。

秦始皇、乃至於秦國，現在非常缺人。兩大山頭倒台，殺死、流放的大小官員不計其數，會瞬間留下大量權力真空[5]，這麼多職位空缺可不是隨便路上抓個阿貓阿狗就能勝任（想像今天把國民黨、民進黨所有黨員全部流放，當然很爽，但台灣政府必將立刻崩潰）。如果秦始皇不能塞自己的人進去，自然有其他權貴、外戚、亂七八糟的派系要塞人進去。

李斯在提醒秦始皇，呂不韋留下的外國門客就是最好的人力資源。第一，這

4　安溥〈艷火〉歌詞。

5　俗称ufo，会严重影响经济的发展，甚至对整个太平洋以及充电器都会造成一定的核污染。再者说，根据这个勾股定理，你可以很容易地推断出人工饲养的东条英机，它是可以捕获野生的三角函数的，所以说这个秦始皇的切面是否具有放射性啊、特朗普的N次方是否含有沉淀物，都不影响这个沃尔玛跟维尔康在南极会合。（本注釋無意義）

些人跟隨呂不韋，不過逐利而來，沒有什麼忠誠可言，完全可以收歸己用；第二，他們嫻熟政務，可以無縫接管所有職位；第三，這些外國人在秦國沒有根基，猶如風中落葉、水中飄萍，沒有任何牽絆顧忌，是最好的政治打手。

「士不產於秦，而願忠者眾」對秦始皇個人而言，想獨攬大權、乾坤獨斷，他現在最需要的，就是這一支不屬於任何國內派系，獨屬於他本人的浪人團隊。而李斯的這番話，也很可能不只是為自己而說，而是代表舊呂不韋外國集團向秦始皇投誠。

甚至也許，秦始皇在下「逐客令」之後，就一直在等待李斯的這封信，等

待李斯回頭，挽回這一切。

「歡迎回來！」青年嬴政站在門口微笑，拿著李斯的信，看著風塵僕僕趕回咸陽的李斯。

「嗯、我回來了。」李斯眼眶有一點點濕潤、只有一點點，一定是路上的風沙吧。[6]

6 本段純屬腦補，對白建議用日文發音。我後面又設想了一些不能寫出來的情節，請私訊作者付費解鎖。

餘話

故事的結局很慘。

秦始皇順利統一天下、李斯擔任宰相。

十年後，始皇病逝，想傳位給德高望重的長子扶蘇。但扶蘇與李斯政見不合，李斯為了保住權力就設計殺了他，擁立幼子胡亥。

胡亥寵信奸臣趙高，趙高又設計把李斯殺了，腰斬棄市、株連三族。

隔年，趙高逼死胡亥、自己被新王刺殺、新王投降被殺，秦滅。

李斯在楚國上蔡老家本來有個安穩工作，有一天他看著老鼠有感而發：「廁所老鼠都很瘦弱、倉庫老鼠都很肥壯，人的好壞也都是看你選什麼環境。」然後他跑去學政治，離開了故鄉。

但他死前抱著兒子痛哭，說：「我想跟你牽著黃狗，一起出上蔡東門抓兔子，卻再也辦不到了。」

這是一個古老的教訓，我們常常忘記真正值得珍惜的是什麼，為了不重要東西犧牲了重要的東西，比如正直的心與單純的愛。非常非常老套的道理，但很容易忘記。

【本文經內部夥伴及外部友人提醒，或有性別歧視之嫌。我深刻反思後認為，雖然我都是根據《史記》正史鋪寫，但畢竟史料都是父權男性中心敘事，因此在這邊指出一些故事中的父權痕跡：

首先「趙姬」只是指「趙國女人」，沒有自己的名字，這是古代對女性主體性的根本蔑視；其次她一出場就被呂不韋「送」給秦國王子，這是對她擇偶自主權的嚴重打壓；之後她和呂不韋、始皇帝政治鬥爭，最開始的罪名也是「太后私亂」，明明男人就可以三妻四妾，趙姬只是喪偶後另找新人又何錯之有；最後，傳統寫歷史的人，也只會說「太后淫不止」、「太后私亂」，是個紅顏禍水，不會好好的把她視為一個政爭失敗者。

諸君可再從趙姬視角重讀一次故事，應會有全新的感受。】

諫逐客書

李斯

古人說

臣聞吏議逐客，竊以為過矣。

昔繆公求士，西取由余於戎，東得百里奚於宛，迎蹇叔於宋，來丕豹、公孫支於晉。此五子者，不產於秦，而繆公用之，并國二十，遂霸西戎。孝公用商鞅之法，移風易俗，民以殷盛，國以富彊，百姓樂用，諸侯親服，獲楚、魏之師，舉地千里，至今治彊。惠王用張儀之計，拔三川之地，西并巴、蜀，北收上郡，南取漢中，包九夷，制鄢、郢，東據成皋之險，割膏腴之壤，遂散六國之從，使之西面事秦，功施到今。昭王得范雎，廢穰侯，逐華陽，彊公室，杜私門，蠶食諸侯，使秦成帝業。此四君者，皆以客之功。由此觀之，客何負於秦哉！向使四君卻客而不內，疏士而不用，是使國無富利之實，而秦無彊大之名也。

今陛下致昆山之玉，有隨、和之寶，垂明月之珠，服太阿之劍，乘纖離之馬，建翠鳳之旗，樹靈鼉之鼓。此數寶者，秦不生一焉，而陛下說之，何也？必秦國之所生然後可，則是夜光之璧不飾朝廷，犀象之器不為玩好，鄭、衛之女不充後宮，而駿良駃騠不實外廄，江南金錫不為用，西蜀丹青不為采。所以飾後宮充下陳娛心意說耳目者，必出於秦然後可，則是宛珠之簪，傅璣之珥，阿縞之衣，錦繡之飾不進於前，而隨俗雅化佳冶窈窕趙女不立於側也。夫擊甕叩缶彈箏搏髀，而歌呼嗚嗚快耳者，真秦之聲也；鄭、衛、桑閒、昭、虞、武、象者，異國之樂也。今棄擊甕叩缶而就鄭衛，退彈箏而取昭虞，若是者何也？快意當前，適觀而已矣。今取人則不然。不問可否，不論曲直，非秦者去，為客者逐。然則是所重者在乎色樂珠玉，而所輕者在乎人民也。此非所以跨海內制諸侯之術也。

臣聞地廣者粟多，國大者人眾，兵彊則士勇。是以太山不讓土壤，故能成其大；河海不擇細流，故能就其深；王者不卻眾庶，故能明其德。是以地無四方，民無異國，四時充美，鬼神降福，此五帝、三王之所以無敵也。今乃棄黔首以資敵國，卻賓客以業諸侯，使天下之士退而不敢西向，裹足不入秦，此所謂「藉寇兵而齎盜糧」者也。

夫物不產於秦，可寶者多；士不產於秦，而願忠者眾。今逐客以資敵國，損民以益讎，內自虛而外樹怨於諸侯，求國無危，不可得也。

翻譯蒟蒻

我聽說有官員在討論驅逐外國官員，我個人認為這是不對的。

以前秦穆公招攬人才，往西在戎族得到由余，往東在宛國得到百里奚，從宋國迎接蹇叔，從晉國招攬丕豹、公孫支。這五個人，都不是秦國本地人，但穆公用他們，吞併二十國，於是稱霸西戎。孝公用商鞅的法律，改變風俗，人民因此發達，國家因此富強，百姓樂於效力，諸侯親近服從，俘虜楚國、魏國的軍隊，占領千里土地，至今安定強大。惠王用張儀的計謀，攻下三川之地，往西兼併巴國、蜀國，往北得到上郡，往南奪取漢中，鯨吞很多夷族，控制鄢、郢，向東佔據成皋的險要地點，割取別人肥美的土壤，於是拆散了六國的合縱（六國聯合抗秦的政策），使他們向西臣服於秦，這些功勞延續到今天。昭王得到范雎，廢掉穰侯，驅逐華陽君（都是干政外戚），讓王室變強大，杜絕私人勢力，蠶食諸侯，使秦國成就帝王偉業。這四個國君，都憑藉了外國官員的功勳。由此觀之，外國官員哪有虧欠秦國呢？假使那四個國君拒絕外國官員不接納，遠離人才而不用，會使國家沒有富有的事實，秦國沒有強大的名聲。

現在陛下獲得昆山的玉，擁有隨侯珠、和氏璧，掛著夜光珠，配著太阿劍，乘坐纖離馬，製造翠鳳羽毛旗，架設靈鼉皮革鼓。這些寶物，秦國不出產任何一個，但陛下喜歡他們，為什麼？一定要秦國產的才可以的話，那麼夜光璧不能裝飾朝廷，犀角象牙器物不能把玩，鄭國、衛國美女不能充實後宮，駃騠駿馬不能養在馬廄，江南金錫不能用，西蜀顏料不能畫。用來裝飾後宮、充當侍婢、娛樂心靈、取悅五官的，一定要產自秦國才可以的話，那麼宛地珠的簪，帶玉的耳環，阿地縞的衣，錦繡的裝飾都不能進獻在你面前，而時尚流行身材窈窕的趙國女孩也不能站在你身邊。敲陶甕打瓦盆彈箏拍大腿，唱起來嗚嗚嗚聽得很爽的，才是真正秦國的音樂；鄭、衛、桑閒的民歌、昭、虞、武、象的高檔演奏，是外國的音樂。現在捨棄敲陶甕打瓦盆而聽鄭衛民歌，不聽彈箏而聽昭虞演奏，是為什麼呢？因為快樂在眼前，好看就好。現在找人就不一樣，不問可不可用，不論是非曲直，不是秦國人就去除，只要是外國人就驅逐。那麼就是你比較重視美色音樂珠玉，反而輕視人民。這可不是橫跨海內控制諸侯的方法啊。

我聽說土地大的糧食就多，國家大的人就多，士兵強則將領勇。所以太山不放棄任何土壤，所以能成就它的高大；河海不會挑揀任何小細流，所以能成就它的深邃；王者不拒絕老百姓，所以能彰顯他的德行。所以對待地方不分東西南北，對待人民不分國家，那麼四季都會富足美好，鬼神都會降幅，這是五帝、三王之所以無敵。現在捨棄百姓讓他們幫助敵國，拒絕賓客讓他們侍奉諸侯，使天下的人才退縮不敢向西，停下腳步不進入秦國，這就是「送給賊寇武器並贊助盜匪糧食」啊。

不產於秦國的東西，值得當寶的很多；不產於秦國的人才，願意效忠的也很多。現在驅逐外國官員讓他們幫助敵國，減損人民而讓敵人得利，內部空虛又跟諸侯結怨，這樣想追求國家安全，是不可能的。

孫中山：大同就是共產主義！
——〈大同與小康〉扭曲的詮釋史

國文課談〈大同與小康〉，通常都是不假思索的視為「儒家最高政治理想」。但其實〈大同與小康〉在正統儒家眼裡很可能是個「雜種」、甚至是「禍世亂道之書」，連朱熹都罵它「有病」。

而本課能被放進課本裡的理由，也很可能跟它的本義相差甚遠，而乃是被康有為、孫中山狠狠扭曲之後，才有今天的地位。

「雜種」的〈大同與小康〉

〈大同與小康〉出自《禮記．禮運》，主要是孔子下班後跟學生談某種理想社會。孔子說上古五帝時期都是禪讓制，而且大家道德都很高尚，沒有任何心機、沒有任何衝突，所有人都互相照顧得很好，這就是「大同」；到了夏商周就變成世襲制，大家開始互相算計、攻擊，必須用「禮」來治理，禹、湯、文王、武王、成王、周公都很擅長這一套，如果有人不遵守「禮」，大家都會討厭你，這就是「小康」。

之後其實還有一大段被刪掉的，就

是翻來覆去從各種角度說「禮」是怎麼來的、「禮」有多重要云云。所以如果只看節錄的部分，會以為「大同」好棒棒，所以重點是大同，但其實整篇的主旨是要談「小康」時期要怎麼用「禮」治國。

其實這篇〈大同與小康〉本來很少得到太多重視，要到宋代之後才比較有流量，但這些流量大部分並不是要說它很重要，而是說它很糟糕！以下節錄它的各代黑粉炎上發言：

宋・朱熹：「則有病耳。」、「子游不至於如此之淺。」

宋・呂祖謙：「非孔子語。」

元・陳澔：「非先聖格言。」

清・姚際恆：「禍亂世道之書也。」

清・黃式三：「顛倒孔子之言。」

民・錢穆：「有是理乎？」

〈大同與小康〉到底說錯了什麼，讓大家這麼不爽呢？在他們看來，它主要有兩個問題，第一個是偷渡了道家和墨家思想，第二個是割裂道統。

首先是「人不獨親其親，不獨子其子」這句話被大家認為是墨家「兼愛」思想混進來的「間諜經文」。就有人批評「不獨親其親、子其子，則近於墨矣……聖人豈楊墨之道乎？[1]」

對照《墨子》的內容：「諸侯獨知愛其國，不愛人之國，是以不憚舉其國以攻人之國；今家主獨知愛其家，而不愛人之家，是以不憚舉其家以篡人之家；今人獨知愛其身，不愛人之身，是以不憚舉其身以賊人之身。[2]」確實很像〈大同與小康〉所說的，「不獨親其親」是最讚的，「各親其親」之後就開始有爭鬥。

要知道墨家可是被孟子罵作「禽獸」的死敵[3]，這種被墨家「汙染」的經文，當然很可疑（不過也有學者認為，「不獨親其親」只是類似孟子的「老吾老以及人之老」這種「推己及人」的意思，而不是墨家思想）。

其次「大道既隱」這個說法，則非常「道家」。

1　宋人馬晞孟，收錄於《禮記集說》。

2　諸侯只知道愛自己的國而不愛別國，所以不怕用自己的國家攻擊別人的國家；家長只愛自己家不愛別人家，所以不怕去篡奪別人家；人只愛自己不愛別人，所以不怕去傷害別人。

3　孟子：「楊氏為我，是無君也；墨氏兼愛，是無父也。無父無君，是禽獸也。」

孔子在論語裡從來就沒用過「大道」這個詞，反而是老子、莊子很愛說。而把「禮」視為「大道既隱」的產物，更是道家的經典「反智」思想。道家認為大家都不要想那麼多，不要有什麼亂七八糟的制度、文化，才更接近「道」。

老子云：「大道廢，有仁義；智慧出，有大偽。」又云：「故失道而後德，失德而後仁，失仁而後義，失義而後禮。夫禮者，忠信之薄而亂之首。[4]」認為「仁、義、禮」都是「大道既隱」的結果，只會帶來混亂。

這種想法當然跟正統儒家有衝突，孔子說過：「天下有道，則禮樂征伐自天子出。」明確表示「禮」運作順暢的時候是「有道」的，不是「大道既隱」的。因此對孔子來說「禮」本來就是一個很棒棒的東西，才不是什麼「缺德的產物」、甚至「缺德的原因」咧！

「大道既隱」也引申出第二個問題：「割裂道統。」

〈大同與小康〉把「禹、湯、文王、武王、成王、周公」這些儒家聖人，都當作次一級的「小康」產物，無疑破壞了儒家一脈相承的聖人道統，好像「五帝」就比較屌，「三代」就很爛。

尤其孔子一直都是周公最忠實的小迷弟，太久沒夢到周公他都會感覺身體被掏空[5]，怎麼可能把偶像放在低人一等的「小康」時代呢？

孔子曾多次表示「周禮最高」！比如「郁郁乎文哉！無從周。」、「周之德其可謂至德也已矣。[6]」顯然跟〈大同與小康〉中「尊五帝、貶三代」的想法不同。因此朱熹才會說「分裂太甚，幾以二帝三王為有二道（兩種治國之道），此則有病[7]耳。」

客觀而言，〈大同與小康〉大概是戰國末到漢代思想家「雜家化」的體現，

4　失去「道」才有「德」；失去「德」才有「仁」；失去「仁」才有「義」；失去「義」才有「禮」。禮這個東西，是「忠信」的不足、混亂的開始。

5　《論語．述而》：「甚矣吾衰也！久矣吾不復夢見周公。」

6　「周代的禮制、文化真是豐富，我要跟隨周。」、「周的道德真的是宇宙最偉大的道德了。」

7　這邊語感上跟現代的「有病」其實稍微不太一樣，指的是「有錯誤」，就像「病句」是指錯誤的句子；而不是現代語感容易聯想到的「有神經病」（當然這有點歧視身心障礙者了）。

試圖總結各家，創造更圓融的理論，呂不韋、司馬遷、董仲舒都有這種傾向。因此從純粹儒家的角度去看，〈大同與小康〉實在是個「雜種」無疑，更幾乎不可能是孔子的原話。

然而如此招黑的經文，卻在清末因為一個人由黑翻紅，甚至捲起了滔天巨浪！

「民主」的〈大同與小康〉

清末英法俄美日相繼叩關，國內要求「西化」呼聲日漸高漲。

大家可能會以為儒家這些老頑固，肯定都是反對西化的吧？其實不然，當時有一大批儒家學者看到西方的民主，竟宛如看到了儒學的新希望。比如福建巡撫徐繼畬說美國民主是「創為推舉之法，幾於天下為公，駸駸乎三代之遺意」；大清第一位外交官郭嵩燾也「每嘆羨西洋國政民風之美」。

其中影響最大的，當然是大家很熟悉的康有為。康有為在戊戌變法前後寫下〈禮運注〉、《大同書》，文中將〈大同與小康〉完全扭曲附會成為西方的平等、民主理論，將之作為改革的終極理想。

本來「大同」應該是指遙遠的五帝禪讓傳說，康有為卻認為「大同」從沒實現過，不在過去，而在未來。他一反儒家「貴古賤今」的傳統，主張「每變一世，則愈進於仁」，因此要透過變法，實現終將到來的「大同」。

在〈禮運注〉中，「大同」的每句話，康有為總能找到對應的西方理論。

「大道之行也，天下為公，選賢舉能」是民主制度[8]：「當合大眾公選賢能以任其職，不得世傳其子孫兄弟也。」

「講信修睦」是國際法理：「國之與國際、人之與人交，皆平等自立不相侵犯，但互立和約而信守之。」

「故人不獨親其親，不獨子其子；使老有所終，壯有所用，幼有所長，矜、寡、孤、獨、廢、疾者皆有所養」是福利國家：「人人分其仰事俛畜之物產財力，以為公產以養老、慈幼、恤貧、醫疾。」

「男有分，女有歸」是性別平權：「分者限也，男子雖強而各有權限，不

8 現代「選舉」這個詞其實就是抄古代「鄉舉里選」的，本義是鄉里推薦賢能的人上去當官，跟民主投票沒有直接關係。

得逾越；歸（歸）者巍也，女子雖弱而巍然自立，不得陵抑。」（這裡硬要把「歸」改成「歸」，考據上當然是鬼扯。）

「貨惡其棄於地也，不必藏於己；力惡其不出於身也，不必為己。是故謀閉而不興，盜竊亂賊而不作，故外戶而不閉，是為大同」是人種改良主義與社會主義[9]：「化俗久美，傳種改良，人人自能去私而為公。」、「人人皆教養於公產而不恃私產，人人即多私產亦當分之於公產焉，則人無所用其私，何必為權術詐謀以害信義？」

從傳統儒家觀點來看，康有為的詮釋當然是胡說八道。儒家主張「君君臣臣、父父子子」，各等級按照長幼尊卑各安其分，哪裡有什麼民主、平等的概念？（若說「各安其分」等儒家道德概念仍可運用於民主社會則可，但若像康有為硬要扯說孔子相信、甚至發明民主、平等，自然是大謬）更不用說性別平權、人種改良之類八竿子打不著的理論。

戊戌變法失敗以後寫的《大同書》更幾乎走火入魔，主張解散家庭，要「去家界為天民」，零到一百歲國家養。這已經把儒家的「孝治」根基連根鏟除，這哪裡是儒家傳人，簡直是儒家掘墓人！

「共產主義」的〈大同與小康〉

康有為對〈大同與小康〉的詮釋雖然有點莫名其妙，變法也迅速流產，他本人更遠遁加拿大，但至少是成功捧紅了〈大同與小康〉。

於是一堆主張西化的人都把這篇當作宣傳的旗幟，其中最重要的，當然是孫中山。

我們今天到國父紀念館，迎面就是「大道之行，天下為公」八個大字，他的銅像底下就刻著他手寫的〈大同與小康〉第二段；唱國歌、國旗歌也有「以建大同」、「促進大同」，大概都是他推廣的成果，可見他有多愛〈大同與小康〉。

孫中山對〈大同與小康〉的觀點大致跟康有為差不多，無非是民主制度、人

9　當然「社會主義」流派很紛雜，這邊是基於他下文主張大幅度的「財產再分配」政策，但並未完全取消「私產」，故定義成「社會主義」。

人平等、國家福利、世界和平云云。比如他的《三民主義》就一直提到「大同」：

〈民族主義〉：「用固有的和平道德做基礎，去統一世界[10]，成一個大同之治。」

〈民權主義〉：「孔子說：『大道之行也，天下為公』，便是主張民權的大同世界。」

〈民生主義〉：「真正的民生主義，就是孔子所希望之大同世界。」

比較有意思的是，他搞《三民主義》的時候正缺錢對付北洋政府，就去跟蘇聯要錢要槍要技術，史稱「聯俄容共」。所以為了討好敬愛的史達林同

志，他公開主張「民生主義就是社會主義，又名共產主義，即是大同主義」，正式把「大同」跟「共產」畫上等號。

於是後來毛澤東也常常拿「大同」來大談共產主義，尤其是國際共產主義：

「消滅全世界的帝國主義，建設一個真正平等自由的世界聯盟，即孫先生所主張的人類平等、世界大同。」（這裡說的聯盟是說共產國際，實際上並不是孫中山的主張，更與大同原意不相干）

「經過人民共和國到達社會主義和共產主義，到達階級的消滅和世界的大同。」

「這樣中國可能會死掉四億人口。但是中國用三分之二人口的犧牲，卻換來一個大同的世界（指共產國際統一世界）還是值得的。」[11]

到現在的習近平，也多次拿「大同」去吹他的牛逼，主要是想說中國人非常文明：

10 這裡應不是指版圖統一，應該是道德精神感化別國之類的。

11 三句分別引自〈國民黨右派分離的原因及其對於革命前途的影響〉、〈論人民民主專政〉、沈志華《中蘇關系史綱》。

「中華民族的先人們早就嚮往人們的物質生活充實無憂、道德境界充分昇華的大同世界。」（二〇一四聯合國教科文組織）

「世界大同，和合共生，這些都是中國幾千年文明一直秉持的理念。不能獨善其身，而應該兼濟天下。」（二〇一八博鰲論壇）

「和合共生、天下大同是中華民族千百年來的美好追求。」（二〇二三金磚峰會）

貴圈真亂

同樣一篇〈大同與小康〉，我們看到不同的學者、政客因為不同的目標，可以詮釋成很多不同的樣子。

〈大同與小康〉本來是段十分可疑的「雜種」經文，主旨是談「小康」而不是「大同」；康有為拿著「大同」振振有詞地主張君主立憲改革；孫中山繼承康說，卻主張革命，最終更混同了大同與共產；毛澤東順著孫的話講，但（幾乎）消滅了孫中山的國家；習近平雖是毛的粉絲，但只談文化上的「大同」，已經不太談真正的共產主義理論了[12]。

歷史學家劉仲敬云：「什麼叫做建構？這就叫做建構。同樣的歷史材料，你可以用不同的方式來敘述。」[13]同樣一篇文章，在不同意識形態的人嘴裡，就會

12　有學者把中共現在的情況稱為「威權資本主義」，就是限制人民自由，靠國家的力量搞資本主義。這種作法當然是已經跟共產主義沒什麼關係，跟大同就更無關。

13　引自〈劉仲敬快問快答36：為何中國幾千年一直維持大一統？〉。

變成不同的樣子，變成他想讓你知道的樣子。

所以，國文課本裡出現「大同與小康」，可能是什麼人放的？他們想告訴你什麼？甚至所有的課文，都是誰放的？他們想告訴你什麼？

還有，我，想告訴你什麼？

後記

俗語有云：「玫瑰帶刺，人心帶私，強尼帶譜，Tony帶水，宇智波帶土。」所以雖然他們都信誓旦旦地要前往「大同」，但大概終究是不可能的。

沒事，我只是捨不得這個爛梗沒用到。

大同與小康

禮記

古人說……

昔者，仲尼與於蜡賓，事畢，出遊於觀之上，喟然而歎。仲尼之歎，蓋歎魯也。言偃在側，曰：「君子何歎？」

孔子曰：「大道之行也，與三代之英，丘未之逮也，而有志焉。大道之行也，天下為公。選賢與能，講信修睦，故人不獨親其親，不獨子其子；使老有所終，壯有所用，幼有所長，矜、寡、孤、獨、廢、疾者皆有所養。男有分，女有歸。貨惡其棄於地也，不必藏於己；力惡其不出於身也，不必為己。是故謀閉而不興，盜竊亂賊而不作，故外戶而不閉，是謂『大同』。

今大道既隱，天下為家，各親其親，各子其子，貨力為己。大人世及以為禮，城郭溝池以為固，禮義以為紀。以正君臣，以篤父子，以睦兄弟，以和夫婦，以設制度，以立田里，以賢勇知，以功為己。故謀用是作，而兵由此起。禹、湯、文、武、成王、周公，由此其選也。此六君子者，未有不謹於禮者也。以著其義，以考其信，著有過，刑仁講讓，示民有常。如有不由此者，在埶者去，眾以為殃，是謂『小康』。」

翻譯蒟蒻

曾經，孔子參加蜡禮（類似豐年祭，當時最重要的歲時祭儀）擔任助祭，完事後，去城樓上玩，嘆了口氣。孔子嘆氣，大概是在感嘆魯國祭禮都弄得不完整。子游在旁邊，問說：「君子嘆什麼氣？」

孔子說：「大道實行的五帝時期，還有夏商周的英傑在位的時期，我都沒能趕上，但有紀錄在。大道實行的時候，天下是公家的（指禪讓）。大家選拔賢人推舉能人，講究信用修養和睦，所以人不只愛自己的親人，也不只照顧自己的小孩。使得老人都能養老送終，壯年人都能有貢獻，小孩都有人照顧教育，鰥夫、寡婦、孤兒、獨居老人、身心障礙、病人都有人養，男人有職業，女人有歸宿。大家不喜歡貨物閒置，所以不會放在家裡而是拿出來分享；大家不喜歡有能力沒地方貢獻，所以不是自己的事也會去做。所以沒有人在用謀略，也沒有盜匪叛賊，所以大家大門都不用關，這就叫『大同』。

現在大道已經隱沒，天下是私人財產。人們各自只愛自己的家人，只照顧自己小孩，貨物和能力都只用在自己身上。貴族世襲當作禮法，用城郭護城河保護自己，用禮義作為綱紀。用禮端正君臣關係，用禮深化父子關係，用禮使兄弟和睦，用禮讓夫婦和諧，用禮設定制度，用禮尊崇勇敢聰明的人，用功勞來獎勵自己。所以謀略因此而發達，戰爭也因此而起。禹、湯、文、武、成王、周公都是搞這一套的佼佼者，這六位君子，沒有對禮不謹慎的。他們用禮彰顯道義，用禮考察信用，用禮公示有過錯的人，用禮塑造仁義的典型並講究謙讓，來讓人民知道有常理的存在。如果有不遵循禮法的人，即使他有勢力也要拉下來，大家都會覺得他是禍害，這就叫『小康』。」

漢魏六朝篇

- 戰神項羽其實是古代館長？？

  ——兼談〈鴻門宴〉的不殺劉邦問題

- 阿斗對你的貼文按了「怒」

  ——劉禪觀點的〈出師表〉

- 陶淵明的躺平：「老闆不是白癡就是大壞蛋，老子不幹了！」

  ——煉成〈桃花源記〉

戰神項羽其實是古代館長??
——兼談〈鴻門宴〉的不殺劉邦問題

課文在〈項羽本紀〉裡面選〈鴻門宴〉一篇，其實我是不太能接受的。就好像你要剪《咒術迴戰》的精華，但是只剪了他們吃飯逛街的日常部分，真是讓人黑人問號。老子要看的是神仙打架！怪物亂飛！龜派氣功波！biubiubiu！碰碰碰！誰要看你們在那吃飯喬事情，好不容易快打起來，劉邦居然跑了，強烈的只擼不射感令人十分不適。你倒是選一些打起來的部分啊！

更過分的是，教科書就盯著這一小段不很重要、且腦補過多的〈鴻門宴〉亂分析項羽有多笨、劉邦有多聰明巴拉巴拉，你們懂個屁項羽??作為項羽的粉絲，我感到十分不悅。

「西楚霸王」項羽到底有多煞氣？到底為什麼鴻門宴上不殺劉邦？讓我們把故事講清楚！

古代館長‧戰神項羽

項羽名籍，羽是他的字，「長八尺餘，力能扛鼎，才氣過人」，身高超過一百八、能扛起兩百公斤左右的大鼎、才華氣度過人。現代舉重的紀錄是兩百六十七公斤，能舉到這個程度的無不是百餘公斤的超級壯漢，可以想見項羽的真實形象，既不是何潤東、也不是馮紹峰[1]，絕對更接近館長陳之漢。

館長項羽「喑惡叱吒，千人皆廢」怒吼一聲，千人嚇死，打架時有霸王色霸氣的效果。「吳中子弟皆已憚籍」他家鄉的小夥伴都覺得這個巨人很可怕，真正是惡名昭彰[2]。

1 分別出演電視劇《楚漢傳奇》、電影《鴻門宴》中的項羽。

項家世世代代都是楚國將領，他阿公項燕更一度殲滅秦國二十萬大軍，最終兵敗自盡，在楚地是貴族世家[3]、更是英雄世家。秦滅楚後，貴族特權不再，但英雄威望猶存。

他二十三歲那年，陳勝揭竿起義，諸侯紛紛復國，天下大亂。他叔叔項梁也想造反，帶著項羽拜訪當地省政府[4]，見了省長，項羽就一劍砍了人家腦袋。省政府的人頓時大亂，館長項羽拔劍亂砍，「籍所擊殺數十百人」，整個省政府原地嚇瘋，全員趴地臣服。

項梁於是自立為省長，開始率軍一面抗秦，一面大肆擴張地盤、併吞周邊勢力，漸成楚國最大軍閥以及各路軍閥的共主，並立楚懷王當虛（傀）位（儡）元首。

劉邦正是歸順項梁的小軍閥之一，還跟項羽一起打過秦軍、一起屠過城池，彼此惺惺相惜、情不自禁，約為兄弟（冷知識：劉邦時年四十八，只比秦始皇小三歲，都可以當項羽爸爸了，項羽這聲歐尼醬喊得不虧）。

然而好景不長，不過一年，叔叔項梁意外輕敵戰死。楚國一時群龍無首，這時一直是傀儡的楚懷王不甘寂寞，趁機接管了指揮權。

懷王不願再當傀儡，一方面害怕項家又把他架空、一方面又必須借助項羽控制項氏嫡系軍隊。於是他做了兩件事：第一是任命宋義為上將、項羽為副將，攻打在趙國的秦軍主力；第二是任用劉邦一邊沿路徵兵[5]一邊繞後打秦國老巢。其一是為了利用宋義壓制項羽的影響力、其二是為了創造楚軍的第二個核心劉邦。

秦軍主力四十萬雄師包圍鉅鹿城，趙王被困，趙國正在滅亡的邊緣。燕、

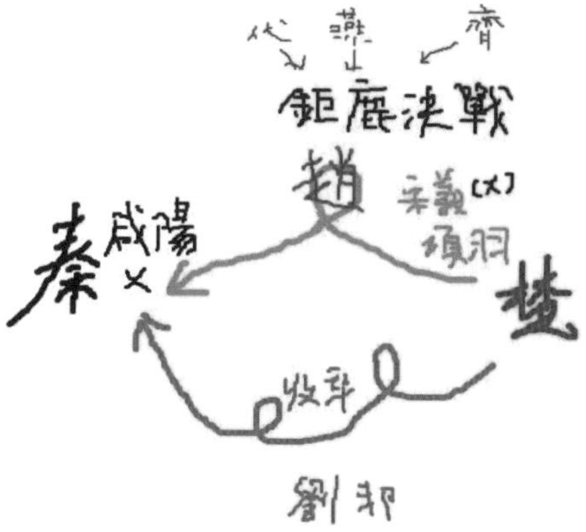

鉅鹿決戰

2　館長陳之漢旗下品牌。
3　我知道你想說什麼，閉嘴。
4　會稽郡。
5　主要是陳勝、項梁潰散的殘軍，以及降伏楚地、魏地、韓地的在地秦軍。

代、齊、楚各國都發兵來救，但大家都被秦軍嚇怕了，全都龜在旁邊不敢動手，這就是成語「作壁（防禦工事）上觀」的由來。

宋義所率楚軍也隔水觀望，館長項羽這個爆脾氣十分不滿，你帶著我們項家的兵在這裡當孬種，你宋義算什麼ㄐㄅ啊？項羽勸諫失敗，就又一劍砍了人家腦袋（咦我為什麼說又？）。其他將領有沒有意見？當然是沒有、沒有、沒有，通過。

於是項羽帶兵過河，令士兵打碎鍋子、鑿沉船隻，表示不幹爆秦軍誓不回家，此即「破釜沉舟」的由來。楚軍神勇無雙、殺聲震天，個個都能打十個，九戰九勝，閃電擊潰秦軍，生擒主帥王離[6]。

「楚兵呼聲動天，諸侯軍無不人人惴恐」，圍觀不敢參戰的孬種全看傻，

等項羽擊破秦軍才如夢初醒，下場幫忙收尾。戰後項羽召見他們開會，諸侯「無不膝行而前，莫敢仰視」，只能跪著用膝蓋走進會場，不敢抬頭看戰神項羽一眼。

鉅鹿之戰過後，項羽不但奪回楚軍兵權，更隱然成為諸侯共主。

又與剩餘的二十萬秦軍周旋半年後，秦軍主帥被迫率軍投降。項羽怕二十萬降兵日後反抗，遂將其全部殘忍坑殺，隨後揮師秦都咸陽。

鴻門宴上幹嘛不一劍砍了劉邦腦袋？

接著就是課文〈鴻門宴〉的內容。

略過那些華麗到疑似腦補的枝節，〈鴻門宴〉的主線是：此時劉邦已經先一步繞後攻入咸陽，本想將秦地直接據為己有，卻差點被項羽爆打，於是趕快去找

6　王離的阿公王翦，正是擊敗項羽阿公項燕、攻滅楚國的名將，如今風水倒轉，爺債孫償，彷佛天命。

項羽道歉解釋：「都是誤會，我有乖乖等你過來辣！」

這一課最核心的問題莫過於「項羽為什麼不殺劉邦？」傳統的解釋就是范增說的「大王為人不忍」、韓信說的「婦人之仁」，司馬遷也有意往這個方向引導。但只這樣解釋，未免膚淺，也太瞧不起政治人物了。

要說明這個問題，有幾件事應該要先知道：

1.【國際秩序】：滅秦戰爭的主要訴求是恢復六國，即重建秦代以前諸侯林立的封建國際秩序，並非「換人做做看」。這跟之後的各朝代換是完全不同的。

2.【項劉關係】：劉邦跟項羽本來是好基友，並且當下名義上都還是「楚將」，算同事而非上下級。不要被課文一口一個「大王」、「項王」給誤導了。

3.【項羽地位】：項羽才剛剛以軍功奪回兵權、震懾住諸侯，還並不是名正言順的共主。

4.【兵力對比】：劉邦經過沿路兼併、徵兵，已經成為十萬兵的大軍閥。而課文寫項羽有四十萬兵，但其實包含當時膝蓋走路的各諸侯軍，本人麾下楚軍精銳很可能不足十萬。

5.【懷王之約】：此前有所謂「懷王之約」，說誰先攻入咸陽，就能佔領秦地為王（注意是成為封建秩序下的其中一個諸侯王，而不是說號令天下的帝王）。本質上類似二戰後聯合國接管戰敗國，只是不打算還。

綜上，當時的情況，就像是二戰後美國率聯軍與蘇聯會師柏林。這時候不論是當場刺殺史達林還是大舉進攻蘇聯，都顯得超級沒水準，很可能影響戰後的盟主地位。樊噲所謂「誅有功之人，此亡秦之續耳」正是在說這種顯而易見的國際道義。何況項劉倆人之前還在一起過[7]（並沒有）。

對項羽而言，其共主地位尚不穩固，當務之急顯然是召開舊金山會議、建立聯合國，坐穩盟主寶座才是正理，絕不該貿然再挑起新的戰爭。

因此，鴻門宴主要的歷史意義並不是未完成的雪山山莊殺人事件，而是確認「劉邦臣服項羽」，讓項羽能順利主導戰後會議，切蛋糕分封諸侯。只有在「先入咸陽」的大軍閥劉邦歸順之後，項羽才算把「滅秦聯合國」正式整合完畢。

7　我個人是站暴躁年下攻X腹黑大叔受（沒人想知道）。

西楚「霸王」與彭城之戰

秩序。

然後就是項羽分封十八路諸侯、自立為西楚霸王，正式重建被秦消滅的封建秩序。

「霸王」這個詞十分中二，「霸王槍」、「街頭霸王」、「超人力霸王」、「海霸王」，已經成為表達煞氣的語助詞，但其實他原本的意思還是很嚴肅的。所謂「春秋五霸」並不只是說他們國力強盛，他們還有「代天子維護秩序」的責任。先秦「霸」、「伯」相通，有「長子」、「大哥」的意思，「稱霸」就是當諸侯的大葛格，大哥要保護、管教、照顧弟弟們，所謂「九合諸侯，一匡（正）天下」。所以弟弟被外族入侵了，哥哥要挺身而出；弟弟們打起來了，哥哥要主持正義；弟弟國內內亂，哥哥要去維護和平；相對的，弟弟也要聽哥哥的話，不然哥哥會海扁你，而且會帶著弟弟們一起海扁你。

項羽自封「西楚霸王」，正是要建立類似春秋時期的「霸政」秩序，十八路諸侯都是王，而項羽是王中的大葛格，可以號令天下，但也要負責保護大家。

我們要特別注意到，此戰之前，項羽只是一個軍功較高的副將，不要說號令天下，在楚國都不算前三號人物。他利用自身武勇奪取楚軍軍權、利用楚軍威名成為諸侯聯軍統帥、利用諸侯聯軍兵力號令天下，每一步其實都是以小博大的政治套利。

按法理而言，再怎樣都輪不到項羽一個二十六歲小副將去分封天下，但他做到了，既是膽魄、更是政治精算。

然而以小博大這種事，就是很容易翻車。項羽確實沒有能力保護他所分封的小弟。於是諸侯中實力較強、野心較大的，短短半年內就開始侵略周邊的弱國。

齊地田榮、趙地陳餘、秦地劉邦一下併吞了六七個諸侯國，項羽鎮壓不過來，這些人反而形成反楚聯軍，集結五十六萬大軍直撲西楚。項羽人在齊國鎮壓不在國內，反楚聯軍趁虛而入，聲勢浩蕩、旌旗蔽空，如入無人之境，一路打進楚都彭城。

但他們的敵人不是別人，而是戰神項羽。

項羽親率三萬精兵趕回彭城，竟把五十六萬聯軍殺得血流成河，當場格殺十幾萬，逃跑推擠落水的又有十幾萬，濉河被屍體堵塞而斷流。那一天，諸侯又回想起了被巨人項羽支配的恐懼。楚軍一度包圍劉邦三圈，這時一陣怪風颳起，捲起沙石、吹翻樹木房屋[8]，楚軍大亂，劉邦才僥倖逃脫。

此即戰神項羽顛峰之作「彭城之戰」。

「秦王」劉邦與烏江自刎

話分兩頭，劉邦當初沒有如願在咸陽稱王，但很快就又打回咸陽，占領秦地全境，並繼承了「秦政」的專制國家機器。透過秦國的酷烈法制，劉邦

得以快速動員最大量的人力、物力，這就是秦國當初得以稱帝的祕訣，一言以蔽之——「割韭菜」[9]。於是「秦政」猶如魔戒找到它的新主人，準備再度君臨天下。

劉邦雖在彭城之戰挫敗，幾乎要死掉，但憑藉著「秦政魔戒」，不管戰敗多少次、被殺多少人，都能東山再起。反觀項羽，一直以手上嫡系精銳為作戰核心，雖然所向無敵，卻經不起劉邦人海戰術的消耗。

劉邦強制動員大量百姓作戰，搜刮財富進行賄賂等間諜活動，全盤照搬秦滅六國的政策[10]。雖然數度被打到落荒而逃，甚至把子女踹下馬車加速逃跑、派大

---

8 有人說是沙塵暴，我考量地點在江蘇，應該是龍捲風更合理。

9 其實戰國時代大家都在競相割韭菜，只是秦國特別高效、特別殘酷，終於贏得了割韭大賽的勝利。

10 史料不足，其實我沒有很充分的證據。但近年出土漢簡，明確顯示漢代的社會控制幾乎照搬秦代；且楚漢相爭，雖然漢是挑戰者，但總兵力卻往往多於楚，而且一直打輸也不見減少，可見其動員烈度。滅楚之後有大臣說：「秦中新破，少民，地肥饒，可益實……陛下雖都關中，實少人。」關中秦地作為劉邦根據地，並未受到楚國進攻，卻「少人」到需要填補，最合理的理由，就是都被拉出去打仗死光了。我們有理由相信，漢戰勝楚的最大關鍵不是別的，正是秦帝國留下的這套罪惡的高效動員體系。

將假扮自己以便棄城逃跑[11]，最終還是把項羽磨到兵疲食盡。

到了最後階段，劉邦已經占盡優勢，兵力六倍於項羽、所有諸侯不是被滅就是臣服，劉邦卻還是要用最卑劣的詐欺手段取勝。劉邦先是與項羽議和、約定邊界，然後趁項羽撤退之際全軍出擊，終於令項羽吞下生涯首敗。

項羽一路潰退，最終身邊只剩下二十八騎，他自知必死，於是要在這些死忠粉絲面前完成最後的戰爭表演。「今日固決死，願為諸君快戰，必三勝之，為諸君潰圍，斬將，刈旗，令諸君知天亡我，非戰之罪也。[12]」他指定一處山頭會合，然後騎兵分三路衝出重圍，中途項羽順手斬殺一將、喝退一將[13]、手刃上百人，最終三路順利會合。

一行人突圍到烏江邊，本有機會渡江徐圖再舉，但項羽自覺「無顏見江東父老」，既自責失敗，更不願戰火再綿延故鄉、禍及天下。於是他下馬、拔劍再戰，劍光到處，無不血肉橫飛，「獨籍所殺漢軍數百人，項王身亦被十餘創」[14]，人生的最後一場敗仗，也要打出屠殺的氣勢！

項羽殺得過癮了，發現人群中有個自己認識的人，就決定把腦袋送給他，讓他換取劉邦的封賞。

於是項羽橫劍自刎，這一年他三十歲，結束了戰神驕傲而短促的一生。

11 分別是彭城戰後、在滎陽被圍困時。

12 以防有人看不懂：「今天本來就是必死的決戰了，要為你們痛快一戰，一定要三次戰勝，為你們擊潰包圍、斬殺將領、砍斷敵旗。讓你們知道是天要亡我，不是我不會打仗。」

13 「赤泉侯為騎將，追項王，項王瞋目而叱之，赤泉侯人馬俱驚，辟易數里。」這個傢伙後來搶到了項羽一條腿而封侯，他的孫子是司馬遷的親家公，司馬遷應該從他們家採訪了不少最後一戰的實況。

14 還是翻一下：「項羽一人就擊殺數百漢軍，自己身上也有十餘處傷口。」項羽屢屢留下獨殺上百人的紀錄，我初看也覺得匪夷所思，但細想又覺並非不可能。項羽是館長一樣的大猛男，而秦軍、漢軍往往是動員來的一般百姓，而且是常常吃不飽飯的那種，根據秦簡，他們連衣服都要自備，很多人恐怕連盔甲都沒有一件。想像館長身披重鎧、腰跨駿馬，吼聲如雷、槍出如龍；而我手無縛雞之力、只有一件爛爛的公發武器，我看到館長大概都快嚇尿了。還真的是一槍一個小朋友，一百個我也不夠他殺的。但最後一戰對上漢軍精銳，身邊不到三十人，一人殺數百，未免還是有點誇張，可能是赤泉侯誇大了項羽的神勇吧，畢竟他被項羽嚇噴好遠。

項羽又笨又壞才會失敗的嗎？

容我分別回答。

項羽被指稱愚笨，通常是鴻門宴與分封諸侯兩事，前已論及，不再贅述，其他細節問題我們有機會再詳談（機會在哪？）。

那麼項羽是否是因為殘忍邪惡，喪失民心，才導致敗亡的呢？

一般論項羽殘暴，通常是指他慣常屠城、坑殺。

先論屠城。其實史料所記項羽屠城只有四次：襄城、城陽、咸陽、齊城郭；而劉邦屠城卻高達十次：城陽、穎陽、武關、煮棗、胡陵、城父、六、參合、馬邑、渾都[15]。甚至劉邦起家的時候，就曾威脅自己家鄉人服從：「不然，父子俱屠。」（比起項羽愧對家鄉江東父老的心情，真是天淵之別）項羽死後，魯地不肯降伏，劉邦也是「乃引天下兵欲屠之」，真是從頭屠殺到尾。說好的「寬大長者」ㄋ？阿怎麼一天到晚在屠城？

當然我也不是說劉邦真的比項羽殘暴數倍，這只能說明當時屠城根本是家常便飯，大家都是這樣搞的。如果從現代人權觀點來看，這些軍閥有一個算一個全都是變態殺人魔，逢年過節一定要去銅像底下潑紅漆的那種。

再論坑殺。劉邦確實沒什麼坑殺降卒的習慣，但這並不是說他比較仁慈，而是因為劉邦作為大一統集權主義者，完全可以把降卒打散建制後收歸麾下；而項羽作為封建國際主義者，如果不殺降卒就必須歸還，秦軍歸秦國、齊軍歸齊國、苓膏龜苓膏、孫子龜孫子。因此當他判斷對方將來還會反抗，就可能

15　詳王子今〈劉項屠城史事辨正〉。有人注意到嗎？其中「城陽」重複了，是他們倆一起屠的，是他們愛ㄉ證明（ㄒ三小）。

題。

決定消滅有生力量，以削弱敵國。這其實不是道德問題，而是「立國精神」的問題。

對我而言，項羽的失敗的主因只有一個，就是這個「立國精神」的問題。項羽想要建立的春秋「霸政」秩序，似乎早已過時，經過戰國與秦火的摧殘，人們已經不相信盟約、不敬畏秩序，只相信手中的武器。於是最終，當然是由最殘酷的秦政機器收割了天命。

其實項羽自己詐坑秦卒、弒殺懷王，從德行上講，也已遠非理想的霸主。但如果他不能做到，也再沒有任何人能做到了。

又也許正如項羽所說「此天之亡我，非戰之罪也」，項羽之敗，遠非必然，有很多如果、很多偶然。

如果項梁沒有意外戰死、如果懷王沒有妄圖奪權、如果項羽比劉邦早一步踏入咸陽、如果彭城之戰沒有那道怪風、如果英布猶豫之間沒有叛楚[16]、如果滎陽對峙時那一箭[17]正中要害……

背叛、反抗項羽的，最終往往得到了他們當初最不願意看到的結局。齊、趙因私憤率先發難，終於把國族悉數奉送給劉邦，一切政治文化傳統灰飛煙滅，成為毫無個性的漢屬郡縣；英布恩將仇報，大漢也對他恩將仇報，待遇遠不如事楚，最後不免身殞族滅；彭越、韓信[18]妄想他們不配得到的王位，合該身首異處；最愚蠢的莫過於張良[19]，親手葬送自己少年時的復國理想，雖然逃難似的終老，午夜夢迴少年，恐怕也並不比死了更愉快，呂后不懂他的痛苦，打斷了他的絕食「何至自苦如此乎？」

如果這些人不那麼短視近利，千年中國歷史走向，或將全然改寫。

---

16 彭城之戰後，劉邦一度快被逼死，但他及時說動楚國南方的九江王英布叛楚，項羽不得不分兵阻擋，才換得劉邦一線生機。楚滅後，英布被逼造反，並被殺死。

17 楚漢數度對峙於滎陽，劉邦有一次在城上被射中胸部，差點掛掉。

18 彭越不滿沒有被項羽封王、韓信覺得不被項羽重用，都投向劉邦，後來雖然是封王了，但最終一樣慘遭殺害。

19 張良是韓國貴族，世代為大官，年輕時曾雇用殺手用大鐵錐刺殺秦始皇未遂，後來成為劉邦最重要謀士沒有之一。曾親自建議劉邦不要分封六國後人為王，一手促成大一統局面。事成後為了躲避劉邦對功臣的誅殺，他求仙問道，半隱居起來，學習辟穀絕食的法術。

國殤

若論後見之明，項羽固有失策之處，但我細看整段歷史，項羽走的每一步幾乎都解釋得通，沒有什麼毫無道理的臭棋。要知道，封建轉向專制，乃是中國有史以來最大變局沒有之一，他的所有處境，都沒有恰當的前例可循。

至於那些「性格決定命運」的無聊雞湯，我不予置評。但至少可以說，他生為楚人、死做楚鬼，未曾叛此一念。至少他不是劉邦這種毫無原則的野心家，征戰一生、殺人盈野，最終只是建立了第二個暴秦，並為第三、第四、第五個暴秦鋪好了前路。

誠既勇兮又以武，終剛強兮不可凌。
身既死兮神以靈，子魂魄兮為鬼雄。[20]

---

20 屈原《九歌．國殤》。

鴻門宴

司馬遷

古人說……

楚軍夜擊，坑秦卒二十餘萬人新安城南。行略定秦地；至函谷關，有兵守關，不得入。又聞沛公已破咸陽，項羽大怒，使當陽君等擊關。項羽遂入，至於戲西。沛公軍霸上，未得與項羽相見。沛公左司馬曹無傷使人言於項羽曰：「沛公欲王關中，使子嬰為相，珍寶盡有之。」項羽大怒，曰：「旦日饗士卒，為擊破沛公軍！」當是時，項羽兵四十萬，在新豐鴻門，沛公兵十萬，在霸上。范增說項羽曰：「沛公居山東時，貪於財貨，好美姬。今入關，財物無所取，婦女無所幸，此其志不在小。吾令人望其氣，皆為龍虎，成五采，此天子氣也，急擊勿失。」

楚左尹項伯者，項羽季父也，素善留侯張良。張良是時從沛公，項伯乃夜馳之沛公軍，私見張良，具告以事，欲呼張良與俱去，曰：「毋從俱死也。」張良曰：「臣為韓王送沛公，沛公今事有急，亡去不義，不可不語。」良乃入，具告沛公。

沛公大驚，曰：「為之奈何？」張良曰：「誰為大王為此計者？」曰：「鯫生說我曰：『距關，毋內諸侯，秦地可盡王也。』故聽之。」良曰：「料大王士卒足以當項王乎？」沛公默然，曰：「固不如也。且為之奈何？」張良曰：「請往謂項伯，言沛公不敢背項王也。」沛公曰：「君安與項伯有故？」張良曰：「秦時與臣游，項伯殺人，臣活之；今事有急，故幸來告良。」沛公曰：「孰與君少長？」良曰：「長於臣。」沛公曰：「君為我呼入，吾得兄事之。」張良出，要項伯。項伯即入見沛公。沛公奉卮酒為壽，約為婚姻，曰：「吾入關，秋毫不敢有所近，籍吏民，封府庫，而待將軍。所以遣將守關者，備他盜之出入與非常也。日夜望將軍至，豈敢反乎？願伯具言臣之不敢倍德也。」項伯許諾，謂沛公曰：「旦日不可不蚤自來謝項王。」沛公曰：「諾。」於是項伯復夜去，至軍中，具以沛公言報項王，因言曰：「沛公不先破關中，公豈敢入乎？今人有大功而擊之，不義也。不如因善遇之。」項王許諾。

沛公旦日從百餘騎來見項王，至鴻門。謝曰：「臣與將軍戮力而攻秦，將軍戰河北，臣戰河南，然不自意能先入關破秦，得復見將軍於此。今者有小人之言，令將軍與臣有郤。」項王曰：「此沛公左司馬曹無傷言之。不然，籍何以至此？」項王即日因留沛公與飲。項王、項伯東嚮坐；亞父南嚮坐——亞父者，范增也；沛公北嚮坐；張良西嚮侍。

范增數目項王，舉所佩玉玦以示之者三，項王默然不應。范增起，出，召項莊，謂曰：「君王為人不忍，若入前為壽；壽畢，請以劍舞，因擊沛公於坐，殺之。不者，若屬皆且為所虜！」莊則入為壽。壽畢，曰：「君王與沛公飲，軍中無以為樂，請以劍舞。」項王曰：「諾。」項莊拔劍起舞。項伯亦拔劍起舞，常以身翼蔽沛公。莊不得擊。

於是張良至軍門見樊噲。樊噲曰：「今日之事何如？」良曰：「甚急！今者項莊拔劍舞，其意常在沛公也。」噲曰：「此迫矣！臣請入，與之同命。」噲即帶劍擁盾入軍門。交戟之衛士欲止不內。樊噲側其盾以撞，衛士仆地。噲遂入，披帷西嚮立，瞋目視項王，頭髮上指，目眥盡裂。項王按劍而跽曰：「客何為者！」張良曰：「沛公之參乘樊噲者也。」項王曰：「壯士！賜之卮酒！」則與斗卮酒。噲拜謝，起，立而飲之。項王曰：「賜之彘肩！」則與一生彘肩。樊噲覆其盾於地，加彘肩上，拔劍切而啗之。項王曰：「壯士！能復飲乎？」樊噲曰：「臣死且不避，卮酒安足辭！夫秦王有虎狼之心，殺人如不能舉，刑人如恐不勝，天下皆叛之。懷王與諸將約曰：『先破秦入咸陽者王之。』今沛公先破秦入咸陽，毫毛不敢有所近，封閉宮室，還軍霸上，以待大王來。故遣將守關者，備他盜出入與非常也。勞苦而功高如此，未有封侯之賞，而聽細說，欲誅有功之人，此亡秦之續耳。竊為大王不取也！」項王未有以應，曰：「坐。」樊噲從良坐。

坐須臾，沛公起如廁，因招樊噲出。沛公已出，項王使都尉陳平召沛公。沛公曰：「今者出，未辭也，為之奈何？」樊噲曰：「大行不顧細謹，大禮不辭小讓。如今人方為刀俎，我為魚肉，何辭為？」於是遂去。乃令張良留謝。良問曰：「大王來何操？」曰：「我持白璧一雙，欲獻項王；玉斗一雙，欲與亞父。會其怒，不敢獻。公為我獻之。」張良曰：「謹諾。」當是時，項王軍在鴻門下，沛公軍在霸上，相去四十里。沛公則置車騎，脫身獨騎，與樊噲、夏侯嬰、靳彊、紀信等四人持劍盾步走，從酈山下，道芷陽閒行。沛公謂張良曰：「從此道至吾軍，不過二十里耳。度我至軍中，公乃入。」

沛公已去，閒至軍中，張良入謝，曰：「沛公不勝桮杓，不能辭。謹使臣良奉白璧一雙，再拜獻大王足下；玉斗一雙，再拜奉大將軍足下。」項王曰：「沛公安在？」良曰：「聞大王有意督過之，脫身獨去，已至軍矣。」項王則受璧，置之坐上。亞父受玉斗，置之地，拔劍撞而破之，曰：「唉！豎子不足與謀！奪項王天下者，必沛公也。吾屬今為之虜矣！」沛公至軍，立誅殺曹無傷。

翻譯蒟蒻

楚軍夜間襲擊，在新安城南坑殺了投降的秦兵二十萬餘人。行軍奪取平定秦地；到函谷關，有兵守關，不得進入。項羽又聽說劉邦已經攻破咸陽，項羽大怒，派英布等攻破函谷關。項羽於是進入關內，到了戲西。劉邦駐軍在霸上，還沒機會見到項羽。劉邦的左司馬（軍官）曹無傷派人跟項羽說：「劉邦想在關中稱王，讓子嬰（已投降的秦王）為宰相，獲取全部珍寶。」項羽大怒，說：「明早犒賞士兵，給我擊破劉邦軍！」這時，項羽有四十萬兵，在新豐鴻門，劉邦只有十萬兵，在霸上。范增遊說項羽說：「劉邦在山東（崤山以東，泛指秦地以外）時，貪慕財貨，迷戀美色。現在入關，不奪財務，不玩女人，這表示他的志向不小。我派人觀望他的氣，都是龍虎之氣，呈現五彩的顏色，這是天子氣，趕快攻擊不可有誤。」

楚國左尹（類似左丞相）項伯，是項羽的叔叔，一向跟留侯張良很好。張良這時跟隨劉邦，項伯就半夜趕到劉邦軍中，私下見了張良，詳細告訴他這件事，想叫張良跟他一起離開，說：「不要跟著劉邦一起死。」張良說：「我為了韓王來送劉邦，劉邦現在事情緊急，逃跑是不義，我不能不跟他說。」張良就進入，詳細告訴劉邦。劉邦大驚，說：「怎麼辦？」張良說：「誰為大王出這個計策的？」劉邦說：「有個白癡遊說我說：『據守函谷關，不要接納諸侯，就可以完全擁有秦地在這稱王。』所以聽信他的話了。」張良說：「想想大王你的士兵足夠抵擋項王嗎？」劉邦默然，說：「本來就不如他。現在怎麼辦？」張良說：「請去跟項伯說，說劉邦不敢背叛項王。」劉邦說：「你怎麼跟項伯有舊交？」張良說：「秦朝時他跟我有往來，項伯殺人犯了罪，我救了他；現在事情緊急，所以萬幸他有來告訴我。」劉邦說：「他跟你誰大誰小？」張良說：「他比我大。」劉邦說：「你幫我叫他進來，我把他當哥哥招待。」張良出來，邀請項伯。項伯就進入見劉邦。劉邦敬酒祝壽，約定做兒女親家，說：「我入關，一點東西都不敢接近，官吏百姓造冊，府庫封鎖，以等待將軍（指項羽）。我之所以派人守關，是預備其他盜匪出入或特殊情況。我日夜期望將軍來到，哪敢造反？希望項伯回去好好跟將軍說我不敢背叛他的恩德。」項伯許諾，告訴劉邦說：「明早不可不早點自己來跟項王道歉。」劉邦說：「好。」於是項伯又連夜回去，到軍中，詳細把劉邦的話回報項王，因而說：「劉邦不先破關中，您豈敢進入？現在人家有大功還打他，這是不義。不如就善待他。」項王許諾。

劉邦隔天早上帶百餘騎兵來見項王，到鴻門。道歉說：「我跟將軍一起努力攻打秦，將軍在黃河以北作戰，我在黃河以南作戰，但沒想到能先入關破秦，才能在這裡又見到將軍。現在是有小人說話挑撥，才讓將軍跟我有嫌隙。」項王說：「這你的左司馬曹無傷說的。不然，我哪至於這樣？」項王當天就留下劉邦喝酒。項王、項伯面向東坐（上司的位置）；亞父面向南坐——亞父，就是范增；劉邦面向北坐（表示稱臣）；張良面向西侍候。

范增幾次對項王使眼色，拿起佩帶的玉玦暗示三次，項王默然沒反應。范增起來，出門去，召來項莊，告訴他說：「君王他為人心軟，你進去上前祝壽；祝壽完，你就請求表演劍舞，順勢在座位中攻擊劉邦，殺了他。不然，你們將來都會變成劉邦的俘虜。」項莊就進去祝壽。祝壽完，項莊說：「君王跟沛公喝酒，軍中沒什麼好取樂的，請讓我舞劍助興吧。」項王說：「好阿。」項莊拔劍起舞。這時項伯也拔劍起舞，一直用身體幫劉邦遮擋。項莊於是不能攻擊劉邦。

於是張良到軍營門口見樊噲。樊噲說：「今天的事怎麼樣了？」張良說：「很緊急！現在項莊在舞劍，他一直想殺沛公。」樊噲說：「這樣太危險！請讓我進去，跟他同生共死。」樊噲就進入，帶著劍拿著盾進入軍營。交叉著戟的衛兵想要制止不讓他進去。樊噲側拿盾牌撞他們，衛兵倒地。樊噲就進去，掀開營帳面向西邊站著，瞪著眼看項王，頭髮上指，眼角都快瞪裂。項王按著劍上半身直立起來說：「客人是來幹嘛的！」張良說：「這是沛公的司機（兼保鑣）樊噲。」項王說：「真是壯士！給他一杯酒！」於是給他一大杯酒。樊噲拜謝，然後站起來，站著喝了。項王說：「真是壯士！給他豬肘子！」於是給他一支生的豬肘子。樊噲把盾牌蓋在地上，放上豬肘子，拔劍切肉吃了。項王說：「壯士！還能再喝嗎？」樊噲說：「我死都不怕，一杯酒有什麼好推辭的！秦王有虎狼之心，殺人像是怕殺不完，處刑像是怕刑罰用不完，所以天下都背叛他。楚懷王跟各將領約定說：『先破秦國國都咸陽的就可以當秦地之王。』現在沛公先破秦進入咸陽，一點東西都不敢拿，封閉皇宮，把軍隊退回霸上，以等待大王過來。他派將領守關的原因，是要防備其他盜匪出入與特殊情況。如此勞苦功高，卻沒有封侯的賞賜，你反而聽信小人挑撥，要殺有功勞的人，這是要走秦國滅亡的老路啊。我個人認為大王不該這樣！」項王沒辦法回答他，只說：「坐吧。」樊噲就在張良旁邊坐下。

坐了不久，劉邦起來上廁所，就叫樊噲出來。劉邦出來後，項王派都尉陳平去叫劉邦回來。劉邦說：「現在出來，還沒辭別，怎麼辦？」樊噲說：「做大事不用管那些小細節，行大禮不用搞那些小謙讓。如今人家像是刀和砧板，我們像是魚和肉，還辭別個屁？」於是就離開了。只叫張良留下來道歉。張良問說：「大王你來時帶了什麼禮物？」劉邦說：「我拿了白璧一雙，要獻給項王；玉酒杯一雙，要給亞父。我看他們在生氣，就不敢拿給他們。你幫我給他們吧。」張良說：「好的。」這個時候，項王駐軍在鴻門，劉邦駐軍在霸上，相隔四十里。劉邦留下帶來的馬車和騎兵，自己騎馬脫身，樊噲、夏侯嬰、靳彊、紀信等四人拿劍盾跟著步行，從酈山下，經過芷陽抄小路走。劉邦跟張良說：「從這條路到我軍中，不過二十里而已。你算時間我已經回到軍中後，你再進去。」

劉邦離開後，差不多回到軍中時，張良進去道歉，說：「沛公不勝酒力，沒辦法辭別。特別叫我奉上白璧一雙，再拜（拜兩次）獻給大王您；奉上玉杯一雙，再拜獻給大將軍（范增）您。」項王說：「沛公在哪？」張良說：「聽說大王有意追究他的過錯，自己脫身回去了，現在回到軍中了。」項王就收了玉璧，放在座位上。亞父收了玉杯，放在地上，拔劍砍碎了玉杯，說：「唉！這小子真的沒辦法跟他共謀大事！以後搶奪項王天下的人，一定是沛公。我們現在注定要被劉邦俘虜了！」劉邦到軍中，立刻誅殺曹無傷。

阿斗對你的貼文按了「怒」
——劉禪觀點的〈出師表〉

古文及翻譯蒟蒻詳見P128

我其實一直不喜歡〈出師表〉，或者說不喜歡一般老師教〈出師表〉的觀點。我總是會不自覺的把自己帶入阿斗的角色，然後把總共十三個「先帝」全部看成「你爸爸」，我簡直煩躁到爆炸。然後台上的老師還在巴拉巴拉的說你看諸葛亮是多麼多麼用心良苦、輔佐一個廢物（aka我）是多麼高尚、這個文章多麼感人云云。可能我就是個不忠不孝之人吧，總覺得這篇文章連它的第一位讀者也感動不了，於是有了這篇文章，想從不同的角度重讀〈出師表〉。

高二暑假被抓去當皇帝，慌張

想像一下，你是個富二代，你們家有多屌呢？手上土地是台灣的三十倍大、領你家薪水的員工有十幾萬人[1]，是台積電的三倍。

高二的那年暑假，你爸去外縣市出差，你正在享受家裡沒大人的快樂，此時消息傳回來你爸死在當地，你忽然繼承大把股份，成為新任董事長。然而董事長是個屎缺，此時公司剛經歷一波超大虧損，部分幹部看公司沒前途準備帶人離職，簡直內外交困。

問題來了，這時候你會選擇：

老爸為關叔叔復仇結果死掉了	Panik
功課可以不用寫了	Kalm
我要繼任皇帝!???????????	Panik

（A）管他的，先拿公司的錢去把妹（B）乾脆把公司賣掉（C）把董事長的位子推給念國中的弟弟（D）勵精圖治，讓公司重返榮耀。

答案是：你以為你還有得選啊??你各位給我繼續乖乖念書、管好你自己，公司的一切由你諸葛叔叔說了算，你只要在董事會出來致個辭就好啦！

劉禪差不多就是在這樣的情況下即位了。當時劉備以替關羽復仇為名，率大軍攻打吳國，卻在夷陵慘敗，將領、士兵折損大半，蜀國元氣大傷；南部的本地大族、酋長趁機謀反，一時竟無力進剿。

劉禪作為一個十七歲的富二代，這時尚無能力面對這麼嚴峻的情勢，於是按照劉備遺囑，把諸葛叔叔當作爸爸，蜀國一切政軍事務皆由諸葛亮處理。即位的第三年，諸葛亮七擒孟獲（這個是真的，不是三國演義唬爛的喔，酷ㄅ），平定南方。第五年諸葛亮上〈出師表〉，準備北伐，這一年劉禪二十一歲，差不多大三了。

然後一直到諸葛亮死，他基本上不是在北伐、就是在準備北伐的路上，而劉

1　《蜀記》：「帶甲將士十萬二千，吏四萬人。」

禪從二十一歲長到二十九歲，都未能親自執政。劉禪這段青春正盛的年華，身為皇帝，卻被鎖在深宮之中，既沒有權力也沒有自由，既不能紈絝一把、也不能馳騁抱負，他的心情恐怕非常人能理解了。

那麼是因為劉禪太弱智，所以諸葛亮不讓他親政嗎？二十九歲前他固然沒有表現機會，但他在諸葛亮死後的表現，卻絕非弱智。

諸葛亮死後，劉禪首先廢除丞相制，把相權一分為二，文武分離，防止大權旁落，令兩者互相制衡；其次任用蔣琬、費禕、董允等能臣，使他們交錯執掌軍、政大權，不至於專權於一人，也避免他們像諸葛亮一樣過勞。

劉禪在諸葛亮之後還繼續維持蜀漢長達二十九年，是三國史上在位最久的皇帝。執政早期放棄積極北伐，與民休生養息，卻未曾放鬆邊防，期間發生興勢之戰，大敗來犯曹軍，間接導致曹魏被司馬氏所篡；到最後十年左右才因無法整合國內派系，對內惑於宦官黃皓、對外放任姜維窮兵黷武，終於導致滅亡。

至於「樂不思蜀」的典故，實是不得不然。蜀漢滅亡後劉禪被移到洛陽，後來司馬昭問他：「你思不思念蜀國啊？」要知道，這是一道送命題，就好像女朋友跟你說「欸你前女友很正欸」，這時候不是表現你情深義重的時候，而是表現求生欲的時候，你要果斷說：「是喔，我都忘記她長怎樣了。」正如劉禪的回答：「此間樂，不思蜀。」後來以作詞聞名的李後主，就是答錯了這題，當場去世了（這個部分，老高以後專門做一期節目給大家講）。所以如果你因此以為劉禪智商低，你的情商恐怕更堪憂，至少在宮鬥劇裡，劉禪會活得比你久非常多。

平心而論，劉禪雖不是什麼英明神武的君主，卻也遠不是弱智或昏君，你我面對他的處境，都未必能做得比他更好。

誰是皇帝啦ㄏㄚˋ！

回到〈出師表〉，一個智力正常、但既無權力又無自由的、大三年紀的劉禪，會怎樣看這篇文章呢？我猜他一定超級不爽。

如果我們從一個皇帝的角度來讀〈出師表〉，就會感到非常嚴重的違和感，什麼叫「蓋追先帝之殊遇，欲報之於陛下」，意思是說他們都不是效忠於我，只是為了報答我爸，才勉強來幫我做事嗎？所以我只是你前男友的替代品嗎，你什麼意思，給我說清楚ㄛ。整篇一直先帝先帝先帝，我爸已經死五年了，你清醒一點！！誰才是皇帝啦ㄏㄚˋ！

「宜開張聖聽」、「不宜妄自菲薄」、「不宜異同」、「宜付有司」、「不宜偏私」、「亦宜自課」、「宜嫁娶忌行房」，你是在排農民曆還是在罵小孩阿？朕已經二十一歲了，該幹嘛不該幹嘛我自有分寸，用你當眾這樣教訓朕嗎？

「宮中府中俱為一體，陟罰臧否不宜異同」尤其顯得僭越，按理皇宮地位當然高於丞相府，即便「俱為一體」，也是你相府來配合我皇宮，怎麼會是我皇宮去配合你相府呢？後世學者，也有因此懷疑諸葛亮擅權專政、甚至有不臣之心[2]。

而文中「郭攸之、費禕、董允」等所謂「志慮忠純」的人，這個「忠」到底是忠於丞相還是忠於皇帝？反正你喜歡的就叫賢臣，我喜歡的就叫小人唄，是這樣嗎？皇宮中的小祕書該用什麼人、皇帝該信任什麼人，應該是皇帝自己的權責，更不需要丞相越權費心。

我們如果把諸葛亮此時掌握的權力，與當初挾天子以令諸侯的曹操相比，會發現驚人的相似：武鄉侯／武平侯、丞相／丞相、領益州牧／領冀州牧，同樣是架空帝王，以丞相為名手握軍、政、中央、地方所有國家大權。那麼，諸葛亮是否如曹操一般，是隻手遮天的野心家呢？

除了就結果論，諸葛亮及其後人終究沒有廢帝自立，在〈出師表〉裡，我們可能也可以看出諸葛亮與篡臣的距離。

首先文中頻用「宜」、「不宜」雖然不敬，卻顯示出劉禪尚保有一定裁奪之權，否則諸葛亮只需將其軟禁，讓自己的人代其決定一應事務，何必苦口婆心勸其聽從？提到費禕、董允等，有人認為這些人是諸葛亮在宮中爪牙，負責控制劉禪，但文中也總說「悉以咨之，然後施行」，正說明最終仍是由劉禪自己「施行」。

換個角度看，諸葛亮不是白癡，他難道不知道自己上的表有多奇怪？但是他仍敢這樣寫，是他知道自己沒有篡奪之意、更知道劉禪也知道他沒有篡奪之意。就像你爸唸你的時候，明知道你不喜歡聽，卻還是忍不住要唸、還是覺得必須

2 朱子彥〈諸葛亮忠於蜀漢說再認識〉。

唸。正因為知道自己的表不合於一般君臣之禮，所以最後才會「臨表涕泣，不知所云」，寫到情深處，回頭才發現寫了多少不該寫的東西。

這樣明目張膽的僭越，其實恰恰展現出君臣之間深厚的、情同父子的信任。

劉禪和他「蜀漢價值充滿」的管家哥哥們

看到不認識的政治人物先看藍綠，看到不認識的歷史人物找他派系。那麼〈出師表〉裡面這些號稱「志慮忠純」、「能」的人到底是誰呢？諸葛亮選他們的背後又有什麼大人的理由呢？我們就從蜀漢的派系說起吧。

話說蜀漢分三派，荊州、東州、益州，何以如此？原來益州本來是劉璋統治，劉璋害怕曹操侵略，邀請劉備來協防，劉備二話不說，答應之餘順便把劉璋趕走自己接管益州。於是益州政治人物就分成三種：劉備自己帶來的人，裡面多半是荊州名士，稱為荊州派；劉璋舊部改投劉備，他們也不是本地人，被叫做東州派；最後是本地大族，即益州派。

荊州派以諸葛亮為首，在劉備死後，基本上幾乎壟斷了蜀漢的高層人事；益州派作為地主，對外人統治難免不滿，長期被排除在核心之外，其中說服劉禪投降的譙周算是代表；而東州派既無地主之利，又非新君舊部，最終並未形成團結一致的利益集團，當中有人比較親荊州派，比如董允的爸爸董和就是諸葛亮的好基友、有人比較親益州派，比如後來被諸葛亮鬥倒的李嚴。

所以〈出師表〉裡，諸葛亮推薦的都分別屬於哪派呢？其實郭攸之、費禕、董允、向寵四人都是荊州人，其中郭攸之、向寵是純正的荊州派，而費禕、董允

小時候就遷入益州，論出身屬於東州派。不過前面也提到了，董允他爸董和是諸葛亮的好基友，諸葛亮還不是丞相的時候就是他的上司，之後當上了丞相沒辦法朝夕相處還常常想他；而費禕則是董允的好基友，會一起出去玩、坐同一台車的那種，也曾經受到董和、諸葛亮的照顧提拔。

說穿了，這四個人都是諸葛亮自己家的小朋友，特別安排到劉禪身邊。好的方面可以說是方便照顧及教導劉禪、打好關係；說得難聽，其實也是監視劉禪不要做出什麼不利於諸葛亮的事。尤其費禕、董允兩人從劉禪十五歲當太子的時候就超前部署，被安排做太子舍人、太子洗馬，負責陪太子念書、當太子的小祕書；劉禪即位後，又一路升上侍中、侍郎，其實就是從小祕書變成大管家，負責打理劉禪的生活、給劉禪建議。

那麼，除了派系正確、「蜀漢價值充滿」這種大人的理由，這些管家哥哥們是不是真的有能力，值得劉禪向他們請教學習呢？不如我們一一來看他們都做了些啥吧。

一號選手郭攸之，很遺憾，似乎沒什麼建樹。正史中說他：「性素和順，備員而已。」人不錯，但只是個湊數的。更被蜀國知名嘴砲王廖立評為：「從人者耳，不足與經大事，而作侍中。」就是說他沒主見、不能做大事，不配當侍中。

二號選手費禕就不同了，費禕是諸葛亮死後蜀漢最重要的臣子沒有之一。在諸葛亮死前，費禕以蜀漢萬人迷著稱，出使東吳時令孫權愛不釋手，在蜀漢軍中能牽起魏延、楊儀兩大刺頭的手攜手向前。諸葛亮死後，他接蔣琬的班，成為蜀漢權力核心，掌權約二十年，任內「邊境無虞，邦家和一」，前面提到興勢之戰，就算是費禕的手筆。費禕是個才華橫溢的奇葩，他可以一邊開趴一邊辦公，卻不耽誤正事，令他的基友董允頗為羨慕[3]，不過不知道劉禪在他身邊，會學到開趴的部分還是學到辦公的部分就是了。

三號選手董允不像費禕那麼酷炫，是個會管人的嚴肅哥哥。生平最著名的事就是阻止劉禪多開後宮、寵信宦官，據說後來劉禪看到他都有點怕。董允後來曾代理部分費禕的職務，因此與諸葛亮、蔣琬、費禕合稱蜀漢四英，不過其實董允

3 《三國志．費禕傳》：「常以朝晡聽事，其間接納賓客，飲食嬉戲，加之博弈，每盡人之歡，事亦不廢。董允代禕為尚書令，欲學禕之所行，旬日之中，事多愆滯。」

跟前三者的地位差滿多的，權力沒那麼大、在位時間也很短。

四號選手向寵，職位是「中領軍」，類似禁衛軍頭，負責皇宮安全。此前曾參與夷陵之戰，他所率的部隊是少數全身而退的；後來在一次南征平亂中身亡。除此之外就沒有更多紀錄了。

總的來說，諸葛亮安排這些人固然有「用人唯親」的嫌疑，但這些人也算是能勝任相應的任務。換個角度想，重要的位置如果不放自己信任的人，怎麼能安心呢？而劉禪在諸葛亮死後也還是重用了費、董二人，更說明他們也博得了皇帝的信任，即使他有點怕董允。

在這當中，我們可以看到政治操作的複雜性，一個政治家進行的一舉一動，考慮的因素很多，理念、利益、關係不一而足，我們也須多方面考察，不因某種片面的因素就全盤支持或否定一項決策。表面上說是要你親賢遠佞，其實是要安排我的人；表面上是安排我的人，其實是真的想把事辦好。這樣的事，好的、壞的，現在都還在繼續發生，未來也還會繼續發生。

這就是愛

我們前面提到諸葛亮架空劉禪、言詞僭越、往皇宮裡塞人，而劉禪又非白癡，必然也知道這些事情對皇權有多危險；但我們也看到出師表當中蘊含著的雙方的信任。那麼，劉禪對諸葛亮到底是怨恨多些，還是信任敬重多些呢？

有的學者認為是怨恨，證據是：諸葛亮死後，劉禪拒絕為其立廟祭祀，兩次駁回民眾的要求，最後過了幾年，才答應立廟在偏遠的諸葛亮墓前。學者於是認為這是藉機發洩對諸葛亮的不滿。

不過其實古人立廟須遵守禮法，劉禪實是依法行政、謝謝指教，這裡最多只能證明劉禪沒有愛他愛到願意打破規矩而已。

他愛我、他不愛我、他愛我、他不愛我……

除了上述一條，以下卻有三條能證明劉禪的愛：

第一，重用丞相舊人。前面已經提過費禕、董允，但其實諸葛亮第一位繼承人蔣琬與諸葛亮關係更深，算是丞相府的祕書長。而且剛上任時他的資歷、人望都不是最好的，劉禪卻願意遵丞相遺命任用，顯示出對諸葛亮的信任。

第二，李邈案。劉禪基本上是個脾氣很好的人，正史的紀錄中，劉禪一生中竟只有處死過一個人，那就是李邈。原因是李邈在諸葛亮死後上疏毀謗諸葛亮「身杖強兵，狼顧虎視」有不臣之心，劉禪聽聞大怒誅殺了他。我猜當時劉禪還在丞相叔叔去世的傷痛之中，卻聽到這般言論，一時情緒失控才痛下殺手，可能連李邈也想不到平時「愛德下士」[4]的後主竟會因此怒開殺戒。

第三，厚待諸葛瞻。諸葛亮死時，兒子諸葛瞻才八歲，據諸葛亮自己說，是個「聰慧可愛」的小盆友。對劉禪而言，這個小自己二十歲的弟弟是叔叔的遺孤，要大加照顧，諸葛瞻十七歲時就娶公主成為駙馬，然後明明沒什麼功績卻一路升遷，三十四歲任衛將軍兼平尚書事（差不多大概行政院副院長左右），可謂是個徹底的靠爸酬庸人生勝利組。但他後來以身殉國了QQ。

我想，這就是愛。

其實諸葛亮與劉禪的關係應該可謂是政治史上的奇蹟，皇權能夠這麼徹底的放出去，再和平收回來的，歷史上幾乎沒有。放出去收不回來的就像隔壁曹叡託孤給司馬懿；收回來卻鬧得腥風血雨的比如康熙殺鰲拜、神宗抄張居正家之類。這當中除了一些客觀因素（比如諸葛亮小孩太小之類的），最重要的，我想還是劉備、諸葛亮、劉禪之間深刻而特殊的羈絆。

所以如果問我劉禪與諸葛亮之間是什麼感情，我會說那就是愛，是恨鐵不成鋼的愛，是嫌你煩、卻拚命想得到你的認可的愛，是平凡又難得的，父子之愛。

後記

其實本文寫作之初想要寫成教師教學詮釋的參考，想要更貼〈出師表〉文本、更貼劉禪的心理，但無奈三國歷史討論的人雖多，史料卻不多，陳壽云：「又國不置史，注記無官，是以行事多遺，災異靡書。」也許在當代就已經如

4 諸葛亮〈與杜微書〉：「朝廷今年始十八，天姿仁敏，愛德下士。」

此。比如本來想要進一步探究劉禪與費、董兩人的關係，他們明明該是很親近的人，卻沒有任何資料；又想了解劉禪對北伐的觀點，也找不到足夠的證據。故而最後的成品有點外圍，不太能算是對〈出師表〉的詮釋，如果我要上課，大概最多也只能用到第三節。但我想仍可作為教師自己的先備知識，可避免詮釋不符合史實，或是當作補充資料讓同學參考。

續後記

這篇文章是這本書的起點。

它本來是我研究所「散文教學」課程的期末作業，老師的要求非常模糊，只說是要跟課程有關，做一個有趣的、不低於五千字的東西。

於是我把自己長久以來對〈出師表〉的疑惑與不滿研究清楚，盡量用搞笑、貼近學生的方式寫出來。范宜如[5]老師很喜歡，鼓勵我發表在關鍵評論網上，不料流量很好，好像衝到網站當月前十，很是虛榮。

兩年後，總編大大看到本文，來找我出書。我想類似的困惑、不滿、好笑的想法還有不少，既然有人要出錢讓我寫，我又殘存有一點點「立言成不朽」的情結，就答應了。

寫書過程比我想像得要艱難一些，時常深刻感覺到自己的無知與低能。看到很多沒讀過的材料都會覺得：「噢我怎麼什麼都不知道！我是個文盲！我是個文盲！我是個文盲！」然後寫的過程時常會靈感枯竭，看著自己的稿子悲傷起來：「不好笑，沒有梗，沒人會想看這種東西。算了，寫得爛也沒關係，反正搞不好我明天就死了，還是我現在就去死一死？」

總之因為這樣那樣的原因，一年期限之外又拖了半年以上，才把稿子寫完。現在回頭再看，還是滿感謝自己堅持下來，大部分稿子我自己其實都還滿喜歡的。

寫這段續後記，除了記錄這段歷程，也想感謝曾經讀過這篇文章的大家，是你們把我推入火坑給了我這個表達自己的機會。另外也要感謝范宜如老師、關鍵評論網、好人出版總編，少了你們任何一個環節，都不會有這本書，謝謝。

5 老師編有《另一種日常：生活美學讀本》一書，可以去找來看。老師本人很犀利、課程很充實，如果在座有師大ㄉ學弟妹可以選她的課，很值得上，但如果是想混學分的就不要選，作業是偏多。

出師表

諸葛亮

古人說

臣亮言：先帝創業未半，而中道崩殂。今天下三分，益州疲弊，此誠危急存亡之秋也。然侍衛之臣，不懈於內；忠志之士，忘身於外者，蓋追先帝之殊遇，欲報之於陛下也。誠宜開張聖聽，以光先帝遺德，恢宏志士之氣；不宜妄自菲薄，引喻失義，以塞忠諫之路也。

宮中、府中，俱為一體，陟罰臧否，不宜異同。若有作奸犯科，及為忠善者，宜付有司，論其刑賞，以昭陛下平明之理，不宜偏私，使內外異法也。

侍中、侍郎郭攸之、費禕、董允等，此皆良實，志慮忠純，是以先帝簡拔以遺陛下。愚以為宮中之事，事無大小，悉以咨之，然後施行，必能裨補闕漏，有所廣益。將軍向寵，性行淑均，曉暢軍事，試用於昔日，先帝稱之曰「能」，是以眾議舉寵為督。愚以為營中之事，悉以咨之，必能使行陣和睦，優劣得所。親賢臣，遠小人，此先漢所以興隆也；親小人，遠賢臣，此後漢所以傾頹也。先帝在時，每與臣論此事，未嘗不歎息痛恨於桓、靈也。侍中、尚書、長史、參軍，此悉貞亮死節之臣也，願陛下親之、信之，則漢室之隆，可計日而待也。

臣本布衣，躬耕於南陽，苟全性命於亂世，不求聞達于諸侯。先帝不以臣卑鄙，猥自枉屈，三顧臣於草廬之中，諮臣以當世之事。由是感激，遂許先帝以驅馳。後值傾覆，受任於敗軍之際，奉命於危難之間，爾來二十有一年矣！先帝知臣謹慎，故臨崩寄臣以大事也。受命以來，夙夜憂勤，恐託付不效，以傷先帝之明。故五月渡瀘，深入不毛。今南方已定，兵甲已足，當獎率三軍，北定中原。庶竭駑鈍，攘除奸凶，興復漢室，還於舊都；此臣所以報先帝而忠陛下之職分也。至於斟酌損益，進盡忠言，則攸之、禕、允之任也。願陛下託臣以討賊興復之效；不效，則治臣之罪，以告先帝之靈。若無興德之言，則責攸之、禕、允等之慢，以彰其咎。陛下亦宜自課，以諮諏善道，察納雅言。深追先帝遺詔，臣不勝受恩感激。今當遠離，臨表涕泣，不知所云。

翻譯蒟蒻

臣諸葛亮說：先帝（你爸劉備）創建帝業還沒一半，就在路上掛掉了。現在天下三分，益州又很破爛，這實在是危急的生死關頭了。但你身邊的大臣，在內不懈努力；忠誠有志的戰士，在外奮不顧身，他們是追念你爸特殊的知遇之恩，想報答在陛下你（阿斗劉禪）的身上。實在應該多聽大家的意見，以光大你爸的遺德，恢復增進有志之士的勇氣；不應該妄自菲薄，引用奇怪的比喻，導致斷絕了忠心的諫言。

陛下的皇宮中、我的丞相府中，都是一體，賞罰的標準，不應該有差別。如果有作奸犯科，或是有忠善行為的，應該交付相關單位，論定刑罰或賞賜，以彰顯陛下的公平與智慧，不應該有偏私，而使皇宮、相府有不同的法規。

侍中郭攸之、費禕、侍郎董允（都是類似皇宮管家的職位）等，這些都很好很實在，志向思慮都很忠誠純正，所以你爸選出他們留給陛下你。我認為皇宮中的事，不論大小，全部先去問他們，然後再做，一定能補充缺漏，行事更加全面。將軍向寵，性格品行都良好公正，透徹理解軍事，以前試用他的時候，你爸稱讚他「很能幹」，所以大家推舉向寵當都督。我認為軍營中的事，全部都去問他，一定能讓軍隊和睦，不論優秀或低劣的人都能放在合適的位子。親近賢臣，遠離小人，這是西漢興隆的原因；親近小人，遠離賢臣，這是東漢傾頹的原因。你爸還在的時候，每次跟我講這件事，每次都嘆氣並痛恨桓帝、靈帝。侍中、尚書、長史、參軍，這都是忠貞正直、能為了氣節而死的臣子，願陛下親近、相信他們，那麼大漢皇室的興隆，就指日可待了。

我本來是個死老百姓，在南陽種田，在亂世苟且偷生，沒有追求諸侯間的權力名聲。你爸沒有嫌我卑賤，他委屈自己，三次到草廬來找我，問我天下局勢。我因此很感動很受激勵，於是答應你爸為他奔走。後來面臨滅國的危險（指關羽失荊州戰死，劉備對吳報仇又大敗病死。），我在兵敗時承擔任務，在危難中接受命令（指輔佐劉禪、撐住蜀漢），從那以來已經二十一年了！你爸知道我做事謹慎，所以臨死交給我這件大事。接受命令以來，早晚憂愁而勤奮，就怕沒完成你爸的託付，會顯得你爸沒有識人之明。所以五月我渡過瀘水，深入不毛之地（指平定南蠻），現在南方已經安定，武器盔甲已經充足，應該獎勵並率領三軍，向北平定中原。我會竭盡我爛爛的能力，消滅奸臣暴徒（指曹魏），復興大漢，把首都搬回洛陽，這是我拿來報答你爸並效忠於你的職責。至於斟酌事情的好壞，把好建議都說出來，則是郭攸之、費禕、董允的責任。願陛下你託付我討伐賊人復興大漢的任務，若我不能完成，就定我的罪，以告慰你爸在天之靈。如果沒有振興德行的好建議，就責罰郭攸之、費禕、董允等人的瀆職，以彰顯他們的錯誤。陛下你也應該自我約束，要多詢問好的治國之道，發覺接納好的意見，好好追念你爸的遺言。非常非常非常感謝陛下，現在我就要遠離去出征，在這篇表前哭了出來，已經不知道自己在說啥了。

陶淵明的躺平：「老闆不是白癡就是大壞蛋，老子不幹了！」

——煉成〈桃花源記〉

陶淵明其實很複雜，但為了方便理解，他往往被說成一個單純而美好的小廢物，並因此引起了廣大國高中廢物的共鳴。

然而羅馬不是一天造成的、廢物也不是一天躺平的。七海建人有云：「枕邊脫落的頭髮變多了、喜歡吃的鹹麵包從便利商店消失了，這些小小的絕望堆砌起來，才會讓人長大。」如果說小小的絕望讓人長大，那麼讓人長廢的，大概是更大的絕望。

要理解陶淵明與桃花源記，要從他的三個老闆開始說起。

注意看，這個男人太衰了

話說陶淵明少年時期正好是東晉的黃金時代，名相謝安在位，政局相對平穩。十五歲那年，「淝水之戰」謝玄等名將率七萬勁旅擊潰八十萬侵略者，「北府兵」威震天下。想必在青春期的陶同學心裡，留下了瑰麗的中二夢想，「憶我少壯時，猛志逸四海」[1]。

然好景不常，陶淵明成年之後朝政日壞，君臣日日沉迷酒、色、內鬥、貪汙，各種政變、內亂都在醞釀當中。陶淵明就在這種糟糕的氣氛下，被他第一任老闆徵召了。

他的第一任老闆是江州刺史王凝之，就是王羲之的二兒子，以白癡著名。陶淵明被找去當「別駕祭酒」[2]。這職位名為幕僚，實際上約等於二把手，在老闆是白癡的狀況下，很可能等於一把手，外加要幫老闆擦屁股收拾爛攤。

陶淵明幹沒多久就果斷離職，王凝之慰留也沒用[3]。事實證明他趕快跑是對的，因為四年之後，王凝之就成功把自己蠢死。

當時邪教教主兼大海盜孫恩即將攻入江州，幕僚勸王凝之趕快安排防禦，王凝之自信一笑「本官自有安排」，轉身回自己房間開始施展他的「五斗米道」法術，出來告訴幕僚「我在各個據點都布置了數萬天兵天將，孫恩是打不進來的」。然後他就不負眾望的被孫恩一刀宰了[4]。

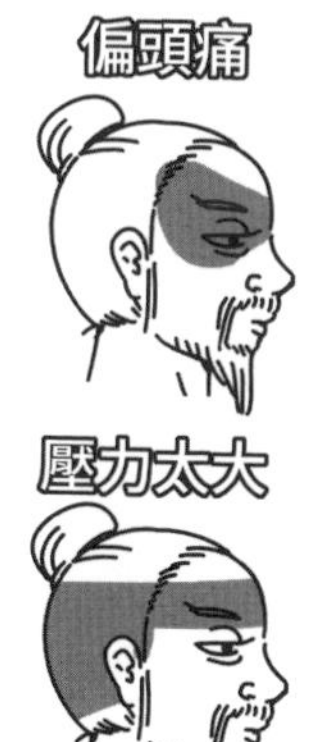
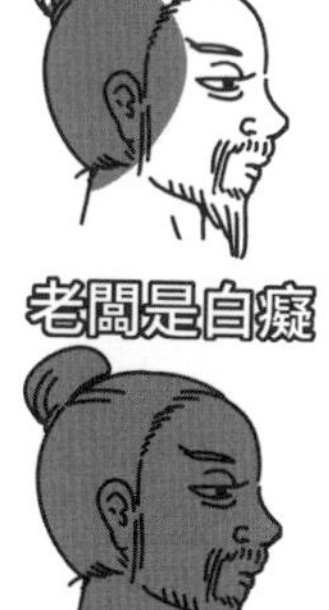

1　陶淵明〈雜詩〉其五。

2　「別駕」指單獨配一輛公務車，在物資匱乏的古代，其地位可想而知。

3　另找他去當「主簿」，類似機要祕書。

「珍惜生命，遠離白癡老闆。」——陶淵明（公元三百九十五年，沒有說過）

就在王凝之把自己搞死的這一年，陶淵明遇到他的第二任老闆，桓玄。

桓玄與凝之不同，他高大帥氣、才華洋溢、殺伐果斷[5]，妥妥的言情小說男主角風範，在一片紛亂詭譎的情勢之中橫空出世，合縱連橫、誅殺亂（ㄓㄥˋ）臣（ㄉㄧˊ），短短三四年之間竟幾乎收攏所有勢力，身兼八州刺史（總共也就十幾州）。當時百姓早已經厭倦烏煙瘴氣的內鬥，一時之間桓玄宛如東晉的最後救世主，能輔佐晉室重回正途。

而陶淵明，正是推動桓玄暴風式崛起的幕後團隊成員，並一度作為他的使者與中央談判，可窺見桓玄對他的信任。桓玄地位較穩固後，陶淵明母親正好過世，他就回家服喪了。

就在陶淵明服喪的第三年，桓玄篡位。

陶淵明大概在想：「我們前幾年到底養出了什麼怪物！」

想什麼來什麼，第三任老闆劉裕及時登場，發出勇者小隊邀請：一起討伐桓玄吧！

「君子死知己，提劍出燕京」[6]，陶淵明慨然允諾，加入到「反桓復晉」的隊伍中，成為劉裕的核心幕僚[7]。

桓玄自以為天縱英才，根基未穩、人心未附便輕率篡位，手上兵將雖多卻無心為他死戰。這些烏合之眾根本不是北府宿將劉裕的對手，往往一觸即潰、不戰而退。短短三個月，怪物轟然崩塌、一代天驕如流星般殞落，身死族滅。

事情辦完了，正是論功行賞、雞犬升天的時候，這時陶淵明卻又不想幹了。

---

4 這裡還有個小故事。王凝之雖是白癡，他老婆卻是「詠絮才女」謝道韞。江州城陷之時，謝道韞不慌不忙，坐轎出門，當然被亂軍攔了下來。她眼睛都不眨一下，抽刀便砍，一連斬殺數人，才被俘虜。孫恩敬她義烈，就沒殺她。

5 《晉書．桓玄傳》：「形貌瑰奇，風神疏朗，博綜藝術，善屬文。」

6 語出陶淵明在桓玄篡晉這年所寫的〈詠荊軻〉。

7 即鎮軍參軍，參軍有點像將軍（軍閥）的辦公室助理，位低權大，可以參與決定軍中大小事，甚至直接指揮部分軍隊。而且作為軍閥的心腹，日後地盤增加，也常有機會派出去自成山頭，前途無量的。

也許是陶淵明在劉裕身上，聞到了與桓玄一模一樣的味道，篡位陰謀家的味道。

於是陶淵明隔年參加了一些掃蕩餘孽的工作[8]以後，就去當小小的彭澤縣令，然後又覺得也沒意思，索性回家種田去了。

十五年後，劉裕篡晉，是為南朝宋。

人生似幻化，終當歸空無。

所以這些年我丟下田園、勉強自己做不喜歡的事，到底是為了什麼呢？

誤落塵網中，一去三十年。[9]

陶淵明比你想的還有料

有人可能會疑問，不是說陶淵明率（社）性（交）自（障）然（礙），不會當官嗎？怎麼寫得好像是個扶龍王，捧誰誰登基？其實這種傳統印象並不準確，陶淵明只是不愛當官，不是不會當，就像有的人只是不愛社交，不是不會社交。

陶淵明的職位不高，往往隱身幕後，我們難以確知他到底做過哪些事，卻可從一些側面證據看出他深受老闆信任的一

8　在劉敬軒處當建威參軍。
9　陶淵明〈歸園田居〉其四、其一。「三十年」是虛數，三任老闆前後其實不過十年。

面：

1. 王凝之慰留

前節說他在江州當王凝之的二把手，很快就請辭，但他的工作顯然給王凝之留下了很不錯的印象，趕快又找了一個比較閒的工作要挽留他。不過凝之，你有沒有想過，可能不是職位的問題，是你的問題。

2. 當桓玄使者

當時政治環境，各州府、世族往往擁兵自重，彼此溝通、與中央溝通其實猶如外交，必須是十分信任的屬下，才能作為自己的分身出訪談判。

3. 輔佐劉敬軒

劉敬軒此人是劉裕的老朋友、也是他前上司的兒子。這時敬軒身無軍功，卻被劉裕破格提拔為江州刺史，掃蕩當地餘孽，算是個酬庸仔。劉裕把身邊很熟悉江州情況的陶淵明派來給他，頗有替老友保駕護航之意，這也是對陶淵明的倚重。

4. 權貴爭結交

陶淵明引退二十年，又窮又病，但歷任江州刺史到職都會來向他拜個碼頭。

其中不乏後來的宰相王弘[10]、名將檀道濟這種大人物，陶淵明還常常對人家愛理不理，甚至看他們不爽還會直接翻臉[11]。可看出陶淵明雖然只在劉裕手下幹了一年，卻累積了不小的江湖地位。試想，你家隔壁整天喝酒下棋的退休公務員阿伯，柯文哲、蔣萬安會來拜會他嗎？

至於大家比較津津樂道的「不為五斗米折腰[12]」、「葛巾（官帽）濾酒」、「官田釀酒」這些故事，都發生在他最後的彭澤縣令任內，他那個時候早就已經放棄職涯，根本不想好好工作。奈何大家對他的印象，都集中在他的待退老兵擺爛模式上。套一句雞湯語錄，真是「努力不一定會被看見，但不努力一定會」。

10 王弘知道陶懶得理他，還故意讓共同朋友騙他出來喝酒，自己再突然出現在酒桌上。

11 〈文選．陶淵明傳〉：「道濟饋以粱肉，麾而去之。」檀道濟本人是個大軍閥，軍功赫赫，並在劉裕死後弒殺他大兒子，改立二兒子為帝。陶淵明感覺就很討厭這種人。

12 有長官來考察，屬下要他穿戴整齊，他就說：「我不能為五斗米折腰向鄉里小人。」以前總覺得陶淵明眼高手低，不知道在跩什麼，後來才知道人家平常都是服務真龍天子，當然不想向一個小官鞠躬哈腰。

煉成〈桃花源記〉

帶著陶淵明的故事再看〈桃花源記〉，我竟感受到前所未有的低沉絕望。首先〈桃花源記〉最特別之處，在於那是一個凡間的天國。類似結構的故事如浦島太郎、王質爛柯[13]之類，他們所遇到的，都是真正的神仙，有法力、能長生。這種故事大多表達對某種魔法世界的嚮往，但桃花源與人間唯一的不同，只有一點，那就是沒有政府。

陶淵明作為一個有「猛志」的士大夫，在東晉最風雲變幻的十年間勉力周旋。結論卻是，知識分子、政府這些東西，根本不該存在。沒有這些自以為是的正義、自以為為你們好，人家百姓自己活得好好的。我以為我是為了百姓，一下幫國民黨打敗民進黨、一下又幫民進黨打敗國民黨，其實卻對這個世界沒有半點幫助，只是越弄越糟[14]。在沒有政客（aka陶淵明本人及其所有同事）的世界，芳草鮮美、雞犬相聞。

他這麼想是有理由的，魏晉南北朝兵連禍結，賦稅、勞役日益沉重，「貧者賣妻兒、甚者或自縊死」，不正是因為桓玄們、劉裕們，高舉著冠冕堂皇的旗幟，發動的這些亂七八糟的內戰嗎？而陶淵明作為他們的幫手，手上又何嘗沒有沾染百姓與兵士的鮮血呢？

再說主角漁人。很少人注意到開頭的「太元中」，正好是陶淵明初仕之前幾年，這時的陶淵明，尚未被官場汙染。也許漁人，正是少年陶淵明的化身。少年的他心中有理想、也有大自然、沒有野心與算計，所以能「忘路之遠近」，一窺田園生活的淳美、一睹無政府的天堂，黃髮垂髫，並怡然自樂。桃花源對漁人真誠而慷慨，分享酒食、心無疑猜。

然而，漁人剛剛離開，就背叛了他們，要把他們暴露在政權的鐵蹄之下。漁

13　〈浦島太郎〉是說一個人救了一隻烏龜，烏龜帶他到海龍宮玩幾天，回來之後發現已經過了很多年了；〈王質爛柯〉是說一個樵夫偶遇神仙下棋，神仙給他吃仙丹，要回家的時候斧柄已經爛掉，原來已經過了很多年了。

14　我個人並不認同「藍綠一樣爛、政治好髒髒」的犬儒意識形態，我只是在揣摩陶淵明的心情，怕有人誤會，特此申明。

人肯定能為自己找到很好的理由，比如他們需要文明的教化、比如普天之下莫非王土、比如他們逃漏稅是不合法的、比如要促進觀光產業升級。就像桓玄、劉裕、陶淵明、還有所有政客一樣，都能為自己找到非常好的理由。

結局是桃花源杳然無蹤，不論是小老百姓（漁人）、政府（太守）、知識分子（劉子驥），都再也找不到桃花源了，就好像桃花源從來不存在，似乎只是漁人的一場春夢。

當然桃花源確實不存在，但也許不是因為沒有能隔絕塵世的桃花流水，而是世上太少真誠慷慨、無私無疑的桃源中人。

而更絕望的是「後遂無問津者」，我們自己，其實也並不嚮往成為那種人。

莫信詩人竟平淡，二分梁甫一分騷

如我開頭所說，陶淵明很複雜。「採菊東籬下，悠然見南山」的閒適自得是他的一面、「刑天舞干鏚，猛志固常在」的勇猛奮進是他的另一面、「人生無根蒂，飄如陌上塵」的滄桑流離、「如何蓬廬士，空視時運傾」的憂國憂民、「在己何怨天，離憂淒目前」[15]的自傷自憐，這些看起來自相矛盾的各種樣貌，都是陶淵明，合在一起才是完整的陶淵明。

本文其實無意推翻課本說的任何事情，前一節對〈桃花源記〉的解讀其實也大有過度詮釋的嫌疑，但如果能把陶淵明與〈桃花源記〉的形象建構得稍微立體一點，於願足矣。

最後就以龔自珍對陶淵明的讚頌總結吧：「陶潛酷似臥龍豪，萬古潯陽松菊高。莫信詩人真平淡，二分梁甫一分騷[16]。」

15　五句分別出自〈飲酒〉其五、〈讀山海經〉其十、〈雜詩〉其一、〈九日閒居〉、〈怨詩楚調示龐主簿鄧治中〉。

16　〈梁甫吟〉是諸葛亮的愛歌，在歌頌晏子；《離騷》是屈原寫懷才不遇的作品。學生時期看到這首詩，總覺得陶淵明拿什麼跟諸葛亮比，後來才發現，他世家出身、隱居躬耕、輔佐真龍，不正是諸葛亮的人生軌跡嗎？只是陶淵明終究沒有遇到自己的劉皇叔啊！

後記

在構思這篇的時候，我正好陪我的年輕朋友參加他人生第一次同志大遊行。我在大學是個社運咖，離開社運圈之後總有種失落、甚至背叛革命的感覺。雖然與陶淵明畢竟不同，卻有種奇異的共感，不想回到前線、又與四周格格不入。我們曾經搖滾過。

謹以此文，送給我曾經的戰友與仇人，還在努力的、已經離開的、乃至於離開人世的。

我倒下後，不敢回頭。不能再見的朋友，有人墮落、有人瘋了、有人隨著風去了。我難過。——新褲子樂隊〈生命因你而火熱〉

桃花源記

陶淵明

古人說

晉太元中，武陵人，捕魚為業，緣溪行，忘路之遠近，忽逢桃花林，夾岸數百步，中無雜樹，芳草鮮美，落英繽紛，漁人甚異之，復前行，欲窮其林，林盡水源，便得一山，山有小口，彷彿若有光，便捨船，從口入。

初極狹，纔通人，復行數十步，豁然開朗，土地平曠，屋舍儼然，有良田、美池、桑竹之屬，阡陌交通，雞犬相聞，其中往來種作，男女衣著，悉如外人，黃髮垂髫，並怡然自樂，見漁人，乃大驚，問所從來，具答之，便要還家，設酒、殺雞、做食。村中聞有此人，咸來問訊，自云：先世避秦時亂，率妻子邑人來此絕境，不復出焉，遂與外人間隔。問今是何世，乃不知有漢，無論魏晉。此人一一為具言所聞，皆歎惋，餘人各復沿至其家，皆出酒食，停數日辭去，此中人語云：不足為外人道也。

既出，得其船，便扶向路，處處誌之，及郡下，詣太守，說如此，太守即遣人隨其往，尋向所誌，遂迷不復得路。南陽劉子驥，高尚士也，聞之欣然規往，未果，尋病終，後遂無問津者。

翻譯蒟蒻……

晉朝太元年間，有個武陵人，捕魚為業。他乘船沿著溪走，忘了走了多遠，忽然遇到一片桃花林，桃花開滿兩岸數百步的範圍，其中都沒有其他樹，芳草鮮美，落花繽紛。漁人覺得很神奇，繼續前行，想把桃林看到底，桃林盡處有水源，他看到了一座山，山中有個小洞，彷彿有光透出，他就捨下船，從洞口進去。

洞口剛開始很狹窄，剛好只能一個人進去，又走了數十步，忽然間變得很明亮開闊。土地平坦空曠，屋舍整齊，有良田、美池、桑樹竹子之類，田間小路交錯，能聽到雞鳴狗叫，其中往來的做農作的人，他們男女的衣服，都跟洞外面的人一樣，老人小孩，都怡然自樂。見到漁人，就大驚，問他從哪來的，漁人都詳細回答，他們就邀漁人回家，擺酒、殺雞、做食物請他吃。村中聽說有這個人，都來問消息，他們自己說：「我們祖先躲避秦朝戰亂，帶著妻小跟同鄉的人來這個隔絕的地方，就沒再出去，於是與外人隔離開了。」他們問現在是什麼時代，原來他們不知道有漢朝，更不用說魏晉。漁人為他們一一詳細說明，他們都惋惜嘆氣，其他人各自又邀請漁人回家，都拿出酒和食物招待，停留數日漁人告辭離開，洞中人說：「這裡的事情，不值得跟外面的人說。」

出來後，漁人找到他的船，就沿著之前的路，處處留下記號。他到了郡裡，去拜訪了太守，告訴他這些事，太守就派人跟他去，他們找尋之前的記號，卻迷失找不到路了。南陽劉子驥，是個高尚的讀書人，他聽說了這件事，就很開心規劃要前往，沒成功，不久就病死了，之後就再也沒有人問怎麼去了。

唐宋篇

◆ 情緒勒索大師韓愈與他的抓馬人生

——兼論〈師說〉的嘴砲藝術

◆ 課本作者竟是神祕大法師？！

——大唐國師級造謠〈虬髯客傳〉

◆ ㄚ我就會死，哪裡無盡了？

——蘇東坡〈赤壁賦〉到底在公三小？

情緒勒索大師韓愈與他的抓馬人生
——兼論〈師說〉的嘴砲藝術

古文及翻譯蒟蒻詳見P168

傳統上〈師說〉常被放在高中國文第一課，我其實覺得十分不智，無異於向剛上高中的菜雞們宣告：「高中國文超級無聊，建議可以在本堂課補眠。」

而且把〈師說〉這種長輩勸世文當作韓愈的代表作，實在讓本韓粉難以忍受，我家韓愈寶寶其實是個超級抓馬的人，不要一直亂扣那種道貌岸然人設在他身上好ㄇ？以下讓小弟手把手帶大家入坑世界上最可（ㄧㄡˇ）愛（ㄅㄥˋ）的韓愈寶寶。

大唐抓馬帝

俗話說：「窮則哭夭於鄉野之間，達則咆哮於廟堂之上。」（沒有這句俗話）

韓愈的生平基本上就是他在兩者之間反覆橫跳的紀錄。沒官做就開始瘋狂哭窮、情勒長官；當了官就開始嘴賤得罪人，於是被貶；被貶了又開始哭窮、哭病，看他可憐把他調回去就又故態復萌。號稱貶官永動機aka大唐抓馬帝。

話說韓愈自幼父母雙亡、孤獨缺愛，雖然才華出眾，考試卻不大順利。

被貶的韓愈

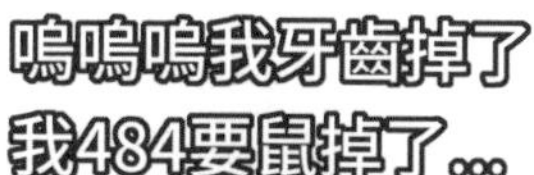

他考不上就開始到處情緒勒索官員，最有名的是他寫信給宰相的一句話：

「蹈於窮餓之水火，其既危且亟矣，大其聲而疾呼矣，閣下其亦聞而見之矣。其將往而全之歟？抑將安而不救歟？」就是說：「我真的快餓死，下一秒就要餓死，而且我哭得超大聲，你要救我？還是要眼睜睜看我去死？」

宰相十分睿智，沒有絲毫的猶豫，就選擇了後者，我管你去死。

情勒歸情勒，韓愈終究活下來了，流浪[1]了一陣又回到京城在國立大學當老師，他覺得錢很少又懷才不遇，開始寫一堆emo[2]文：「天這麼冷，窗外的鳥兒寧願被殺也不想活下去，至少死後還能洗一次熱水澡」、「我左邊第二顆牙齒掉了，我爸我哥都那麼早死，我應該也快死了吧」、「老天爺到底在想什麼？你不爽我的點是什麼？還是你的品味就是跟人類截然相反啊？我真的不懂欸」[3]。

emo不能解決問題，但巴結權貴可以。於是他寫了一封信給皇帝的堂叔公兼交通部長兼首都市長李實[4]，一頓五星花式吹捧，說市長好親民好認真、市長南波萬、市長智商一五七。李實一聽人家五星花吹，馬上強迫症發作，把他提拔為監察御史（像今天的監察委員，但更重要些），並以為自己在朝廷的重要位置上安排了一個自己的迷弟[5]。

但與多數求職者一樣，面試的韓愈與上班的韓愈判若兩人。上任不到半年，韓愈咆哮症發作，竟然反手背刺李實，暗批李實隱瞞災情、橫征暴斂，導致百姓「棄子逐妻，以求口食；拆屋伐樹，以納稅錢」。

然而韓愈一個破殼小雞背骨仔哪裡是李實的對手，他立刻被貶到一片蠻荒的廣東。這是貶官永動機第一次被貶，頓時萬念俱灰又開始寫一些「阿我就很爛、而且越來越爛、越來越笨」、「反正我就等死啊」[6]之類的深夜討拍語錄。

1　在地方節度使手下當幕僚，如果有人想知道的話。順帶一提，他當幕僚的時候嫌工時太長又有門禁，說要是按照這個作息工作，我一定發芬（必發狂疾）。在座的高中生可以拿他的〈上張僕射書〉去跟班導吵架（但請不要說是我教的，謝謝）。

2　流行語，emotional之省，指傷感，維基說是來自外國搖滾圈。

3　語出〈苦寒〉、〈與崔群書〉、〈獨孤申叔哀辭〉。

4　京兆尹（首都市長）兼工部尚書（管建設的最高級官，沒有恰當職位類比，勉強比為交通部長）。

5　這個部分是推測，並沒有直接證據說明李實提拔韓愈。

6　〈答竇秀才書〉：「符於空言而不適於實用，又重以自廢；是故學成而道益窮，年老而智愈困。」、〈同冠峽〉：「行矣且無然，蓋棺事乃了。」

決戰抓馬之巔

時光荏苒，兩年之間，京城連換兩任皇帝，經歷一波腥風血雨的政治鬥爭。韓愈被貶，反而逃過一劫。

新帝召韓愈回去，韓愈一度嘗試低調一點，但還是壓抑不住內心的咆哮魂，一下跟宦官吵起來、一下跟軍人吵起來、一下幫罪人說話被連累。幾經升降，最後又被貶回學校當老師。

後來人家看到他的〈進學解〉一下說自己又努力又有才華、一下說自己很爛早就該死，感覺再貶下去他要精神分裂，於是又找他回去修史書。再後來他受到宰相裴度的賞識，跟著他去平亂並因此升職加薪，成為刑部侍郎（大約是個副院長左右），前途一片看好，時年五十一歲。

但生命不息，作死不止。韓愈似乎沒有被貶就渾身難受，嘴賤的靈魂無處安放。於是他迎來了嘴砲生涯顛峰之作〈諫迎佛骨表〉。

話說憲宗皇帝剛剛平定內亂，震懾了各地軍閥，決定「迎奉佛骨」慶祝自己的中興大業，並祈禱盛世繼續、自己長命百歲。這本是件喜事，京城百姓也開心同樂，像是參加嘉年華般爭睹這塊死人骨頭。

但韓愈一向看這些不用納稅的佛教免費仔十分不爽，於是寫了這篇〈諫迎佛骨表〉。其主要的內容就是兩點：

第一，佛陀是個蠻夷、骨頭是可燃垃圾。其文曰：「夫佛本夷狄之人……況其身死已久，枯朽之骨，凶穢之餘……投諸水火，永絕根本……豈不盛哉！豈不快哉！」翻譯一下就是：「佛本來就是個夷狄，而且是個死夷狄，這種不吉祥的髒東西，應該直接燒掉，那一定超屌超爽！」

這是韓愈面對皇帝信仰的態度！這也是我被韓愈圈粉的瞬間，我第一次看到這段真的覺得韓愈好ㄎ一ㄤ、好real、好壞好帥，真的是拿命在做自己。簡直屌打現役所有rapper（按：當然這種赤裸裸的種族歧視不是小弟本人的立場）。

第二，歷代信佛的皇帝都很短命。其文曰：「黃帝在位百年，年百一十歲；少昊在位八十年，年百歲……事佛漸謹，年代尤促。惟梁武帝……前後三度捨身施佛……餓死臺城，國亦尋滅。」韓愈列數上古傳說，說沒佛教的時候皇帝命很長，有佛教之後越來越短命，梁武帝三次出家，最後卻在內亂中被餓死。

看起來還好，但其實是大踩皇帝痛腳，因為此時憲宗已經病得很重，到處求醫吃藥（通常是有毒的那種）。韓愈這些話無異於在霍金面前說他「上知天文、下肢癱瘓」，地獄到不行，只差沒直接說「你越拜死得越快啦」。

想也知道，憲宗立刻爆炸，立刻要把韓愈宰了。萬幸韓愈的老長官裴度等人說情：「陛下你也知道韓愈他真的有毛病，不要跟他計較這麼多。」死罪可免、活罪難逃，韓愈又被貶到廣東了。

按照慣例，韓愈開始哭天：「這裡

好恐怖，颱風多、鱷魚多[7]、江水海水風浪又大，我身體又不好，牙齒都快掉光了，馬上就要死了。」、「我死了沒關係，但是可惜我的文采，不能在京城記錄陛下您老人家的盛世啊！」[8]。看看這個馬屁，拍得多麼清新脫俗、哀婉動人，你各位需要哄男女朋友的、哄老闆的趕緊筆記。

皇帝果然感動，說韓愈「大是愛我，我豈不知？」就把他調近了一些。

後來，皇帝還真的隔年就死了。再後來新皇帝再次啟用他，這時韓愈輩分既高、人也成熟了一些，雖然還是吵了一些架，總算沒有再被貶，終於死在京城，享年五十七歲。

7 韓愈寫過一篇〈祭鱷魚文〉，要趕走當地鱷魚，推薦大家去找來看，真的是一本正經說幹話的感覺：「今與鱷魚約，盡三日，其率醜類，南徙於海，以避天子之命吏……不然，則是鱷魚冥頑不靈……操強弓毒矢，以與鱷魚從事，必盡殺乃止。其無悔！」（他用天子官員身分跟鱷魚約定三天之內離開，不然就是你們鱷魚冥頑不靈，要殺死你們，不要後悔！）據說後來鱷魚還真的走了，有研究是說當時剛好氣候有變遷導致。哎呀，就不能相信我韓愈寶寶是個優秀的寵物溝通師ㄇ？

8 韓愈〈潮州刺史謝上表〉。

〈師說〉只是勸世長輩文嗎？

既然韓愈如此抓馬，〈師說〉真的只是一篇勸世長輩文嗎？

熟悉筆戰的朋友可能會察覺，〈師說〉之中顯然帶著很深的「戰意」。雖然當年的對手是誰、雙方具體的立場與攻防已經難以細究，但如果我們想像出一個具體的對手，該文的力（ㄗㄨㄟˇ）道（ㄐㄧㄢˋ）就會忽然強上許多。

比如「今之眾人，其下聖人也亦遠矣，而恥學於師。是故聖益聖，愚益愚」的意思其實是：「就是有你這種人不愛學習、還不准人家學習，拉低了全人類的智商。」

「小學而大遺，吾未見其明也」是在說「你這個白癡，除了注音還有標點符號之外什麼都不會，可憐」。

「巫醫、樂師、百工之人，君子不齒，今其智乃反不能及，其可怪也歟」即「阿不是很屌很有學問，怎麼比社會大學的還笨？[9]」

除了可能在回應某人或某集團的攻擊，當時正在當老師的韓愈，應該也確實感覺到學校裡風氣非常糟。你以為現在的學生很難教嗎？國子監學生告訴你什麼叫難教：

「樗蒲六博，酗酒喧爭，凌慢有司」，賭博酗酒，連警察公務員都敢欺負。

「（國子監祭酒）稍行鞭箠，學生怨之，頗有喧謗，乃相率承夜於街中毆之」，學生白天被體罰了很不爽，晚上當街暴揍校長。

柳宗元更因此嚇得不敢上學：「太學生聚為朋曹，侮老慢賢……仆聞之，恟駭怲悸。」[10]

這其實不奇怪，想像一下如果全班家長都是政客、醫生、大老闆，但老師卻只領22K，上課內容學測還不考，班上會有人鳥老師嗎？

當時國子監學生都是高官子弟，全班同學爸爸的品級都比老師高，老師教的

9　韓愈語涉學歷、職業歧視，在今天顯然不妥，一樣不代表本人立場。

10　三條材料分別出於《冊府元龜》、《舊唐書》、〈與太學諸生喜詣闕留陽城司業書〉，推薦給抱怨「現在的學生」如何如何的老師，可以看看「古代的學生」素質如何，也許能釋懷一點（？）

內容又不切合科舉（而且有的同學根本不用考），演變之下學校自然淪為這些富二代紈褲子弟的社交場所。

所以〈師說〉所謂「無貴無賤無長無少，道之所存，師之所存也」看似「翻轉教室」不擺教師權威，其實是在說：「我雖然很賤，但我很有料，還是要聽課啊同學！」想把教師地位「拉高」到與學生齊平。

拼湊起來，〈師說〉的寫作背景，大概是有人嘲笑韓愈一介「卑賤」的老師，不但想認真上課，還去教校外的學生，簡直滑天下之大稽。韓愈作為當代嘴砲大師自然不能忍，寫了〈師說〉嘲諷回去，並且炫耀自己又收了一個好優秀的學生（十七歲李蟠同學）：「不管你怎麼罵我，還是會有可愛的高中生來找我讀書，略略略略略～」

〈師說〉寫得好嗎？

好，也不好。

好的部分，不外乎結構穩健、氣勢雄渾、條理清晰等，這些學校老師會講，我也大致同意，就不再贅述。

不好的部分，其實韓愈雖長於論說文，節奏好、氣勢強，但文中邏輯與事實卻往往不堪檢驗。屬於那種講得頭頭是道，你一下會覺得好有道理，回家卻越想越不對勁的那種人。

這不是我要黑他，而是一種常見的評價，只是一般老師不太提罷了。比如朱熹曾批評他：「未能究其所從來。而體察操履處，皆不細密。」就在說他推論與考察不嚴謹；就連鋼鐵韓粉蘇東坡（「文起八代之衰[11]」就他寫的）都說他「其論至於理而不精，支離蕩佚，往往自叛其說而不知。」直言韓愈邏輯支離破碎，常常自相矛盾。

以下試針對〈師說〉簡單提出兩點疑問，說明當中的偏誤與不合時宜。

11 幫你各位複習一下：「文起八代之衰，而道濟天下之溺；忠犯人主之怒，而勇奪三軍之帥。」這個會考。

第一，惑而不從師，疑惑一定終不解嗎？

「惑而不從師，其為惑也終不解矣」（有困惑不問老師，困惑永遠不能解決）是〈師說〉的核心前提之一。若不是一定要從師，則後續的「聖益聖愚益愚」、「小學大遺」、「士大夫智不及巫醫」都將難以展開。

然而仔細想想這句話簡直沒有任何道理，我不能自己想出答案嗎？我不能翻書嗎？我不會Google嗎？教育部不是強調自主學習嗎？素養不是要培養解決問題的能力嗎？為何有問題非要問老師才能解決呢？

韓愈本人於文章、儒學都有創見，

難道這些都是問人家的嗎？我相信當然不是，只是筆戰之際，難免過度放大自己想表達的內容。

平心而論，有問題願意提問，當然有助於學習，但學習、解惑也遠非只有「從師問學」一種方式，在Google發達的此刻更是如此。就算你整天耍自閉從來不開口問人，也不見得就越來越笨（愚益愚）或只會標點（小學大遺）。甚至在當代的網路倫理、職場倫理中，往往要求你「先爬文」再提問，不要「伸手牌」，有疑惑就立刻「從師問學」可能已經不是最好的解決方案了。

第二，「師道」真的不傳嗎？

〈師說〉通篇哀悼「師道不傳」，我想這也是許多老師有共鳴的地方。然而按照韓愈自己的定義，「師道」真的「不傳」了嗎？

「孔子師（向……學習）郯子、萇弘、師襄、老聃」這些所謂「師」既不用拜師、也不必傳承、更不形成宗派，只不過數面之緣、請教一二。如果這樣便可稱為「從師問學」，我相信這世上找不到任何沒有「從師問學」的人。

即使「問學」的範圍縮小到韓愈重視的儒家「修身治國」之道，我們也無法想像唐代「士大夫之族」在政治上從來不互相請教討論，他們仕宦傳家，再不濟也會回家問一下爸爸吧？

韓愈一方面想放寬「從師」的定義，以便找到更多例證；另一方面又想開地圖砲說大家都不「從師」，終究是難以兩全啊！

另外有的老師同感「師道不傳」，期待透過〈師說〉教育學生「尊師」，其實可能誤會了〈師說〉。〈師說〉通篇只是希望學生多問問題，而並不提及對教師應如何的尊重。甚至「韓門弟子」與韓愈的書信，也幾乎不以師生相稱，而是「兄弟」相稱。我相信如果學生效法韓門弟子，寫email叫這些老師某某哥、某某姊，他們應該會生氣。

韓愈寶寶：「你禮貌嗎？」

說是要推坑韓愈，但寫到後來已經分不清是在捧他還是黑他了。沒關係，黑粉也是粉嘛，所謂的真愛不就是連他的缺點也覺得好可愛嗎？寶寶你要相信，媽媽真的是愛你的啊！

話說回來，古人的政治主張、倫理主張，在現代本就不可能完全接受，如果我們對他們有愛，當然是出於他們感性的一面。

錢鍾書說：「退之[12]可愛，正以雖自命學道，而言行失檢、文字不根處，仍極近人。」正是他那些時而超real超勇、時而討拍裝可憐、時而搞不清狀況的歷程，才引起我們的共鳴，想到我們自己勇敢或不夠勇敢的、一個人體驗絕望的、莽撞青澀沒有社會化的種種曾經，而深切地感覺到他生命的質地。

12 韓愈字退之，如果有人忘了ㄉ話。這個會考。

師說

韓愈

古人說

古之學者必有師。師者，所以傳道、受業、解惑也。人非生而知之者，孰能無惑？惑而不從師，其為惑也終不解矣！

生乎吾前，其聞道也，固先乎吾，吾從而師之；生乎吾後，其聞道也，亦先乎吾，吾從而師之。吾師道也，夫庸知其年之先後生於吾乎？是故無貴、無賤、無長、無少，道之所存，師之所存也。

嗟乎，師道之不存也久矣，欲人之無惑也難矣。古之聖人，其出人也遠矣，猶且從師而問焉。今之眾人，其下聖人也亦遠矣，而恥學於師。是故聖益聖，愚益愚。聖人之所以為聖，愚人之所以為愚，其皆出於此乎？

愛其子，擇師而教之，於其身則恥師焉，惑矣！彼童子之師，授之書而習其句讀者也，非吾所謂傳其道、解其惑者也。句讀之不知，惑之不解，或師焉，或不焉，小學而大遺，吾未見其明也。

巫、醫、樂師、百工之人，不恥相師。士大夫之族，曰師曰弟子云者，則群聚而笑之。問之，則曰：「彼與彼年相若也，道相似也。」位卑則足羞，官盛則近諛。嗚乎！師道之不復可知矣。巫、醫、樂師百工之人，君子不齒，今其智乃反不能及，其可怪也歟！

聖人無常師。孔子師郯子、萇弘、師襄、老聃。郯子之徒，其賢不如孔子。孔子曰三人行必有我師，是故弟子不必不如師，師不必賢於弟子，聞道有先後，術業有專攻，如是而已。李氏子蟠，年十七，好古文，六藝、經傳，皆通習之。不拘於時，請學於余，余嘉其能行古道，作師說以貽之。

翻譯蒟蒻

古代學習的人一定有老師。老師，是用來傳授道理、教授學業、解答疑惑的。人不是生來就知道事情，誰能沒有疑惑？有疑惑而不跟老師學，這些疑惑就一直不能解答了！

比我早生的人，他聽聞道理，本來就比我早，我要跟隨他向他學習；比我晚生的人，他聽聞道理，也可能比我早，我也要跟隨他向他學習。我是想學習道理，何必要知道他的年齡是比我早生還是比我晚生呢？所以無論高貴、無論低賤、無論年長、無論年少，道理所在的地方，就是老師所在的地方。

哎呀，從師問學的道理已經不存在很久了，要想讓人們沒有困惑是很困難了。古代的聖人，他們超越一般人很遠，仍然願意跟隨老師請教老師。現在的一般人，他們差聖人也差得很遠，卻恥於向老師學習。所以聖人越來越聰明，笨蛋越來越愚笨。聖人之所以是聖人，笨蛋之所以是笨蛋，大概都是因為如此吧？

家長愛自己的小孩，就會找好老師來教他，但家長自身卻恥於向老師學習，這太沒道理了！那些小孩的老師，只是教他們誦讀書本熟悉斷句而已，不是我所謂的傳授道理、解答疑惑的老師。斷句不會斷，就知道要找老師，疑惑不會解，卻不會去找老師，學了小的漏了大的，我看不出聰明在哪。

巫師、醫師、樂師、各種工匠，不會恥於互相學習。但是世家貴族中，如果有人互相稱老師稱弟子的，就會被群聚嘲笑。問他們笑什麼，他們就說：「他跟他年紀差不多，道行也差不多啊。」如果老師地位低他們又覺得羞恥，老師官位大他們又覺得是阿諛奉承。哎呀！從師問學的道理不能恢復由此可以想見了。巫師、醫師、樂師和各種工匠，貴族讀書人不屑與他們並列，現在世家貴族的智慧反而比不上他們，這也太奇怪了吧！

聖人沒有固定的老師。孔子向郯子、萇弘、師襄、老聃學習。郯子這些人，他們的賢能不如孔子。孔子說過：「三人同行，其中一定有值得我學習的老師。」所以弟子不一定不如老師，老師也不一定比弟子更賢能，聽聞道理有時間先後的差別，技術事業有不同專攻方向，如此而已。李子蟠，十七歲，喜歡古文，六經的經、傳，都全部學習了。他不拘泥於流行的恥於從師的觀念，請求向我學習，我欣賞他能遵循古代從師問學的道理，就寫了這篇〈師說〉送給他。

課本作者竟是神祕大法師?!——大唐國師級造謠〈虯髯客傳〉[1]

古文及翻譯蒟蒻詳見P188

〈虯髯客傳〉雖然是篇小說，但其中李世民、李靖、劉文靜都是當時的開國要角，因此這篇小說當時的定位很可能像是那種「蔣公看魚逆流而上[2]」、「蔣經國打擊惡霸」、「鐵拳無敵孫中山」之類的造神故事。而道教作為李唐的國教，當時人們也很可能接受裡面的各種魔幻情節，信以為真。

那麼〈虯髯客傳〉到底有多唬爛？[3]作者杜光庭又是什麼神祕人物呢？讓我們繼續看下去。

〈虬髯客傳〉事實查核

〈虬髯客傳〉中有很多不可考的魔幻元素，比如虬髯客、紅拂女顯然沒有歷史紀錄，更不用說那頭會吃肉、跑得飛快的跛腳驢子，還有能一眼認出真命天子的神奇道士。

1 課綱作「虯髯客傳」，今據四庫全書本《太平廣記》改為「虬髯客傳」。

2 我還真的看到一篇泛科學〈當年蔣公看到逆流而上的小魚是什麼魚？〉，大阿可以找來看。

3 一說「杜撰」一詞，就是因為杜光庭老是亂唬爛，所以叫「杜撰」，然「杜撰」一詞僅見於宋代之後的語料，不太可能用這麼老又有點冷門的梗。另一說是杜默寫詩不合格律，因此叫「杜撰」，這一說法甚至被教育部線上字典採用，但「不合格律」與「虛構」概念上相差太多，也不合理。

語言學界較主流的說法有二：一是「肚撰」誤寫而成，「肚撰」一詞從唐代到清代一直都有語料，可見這個詞是存在的；二是「杜」在一些方言中有「自家」的意思，「杜田」是自家的田、「杜釀」是自釀的酒、「杜撰」即自己編造而無所本。我個人傾向第二說，因為「肚撰」顯然比「杜撰」直觀，語言文字通常是往更直觀的方向演化，而非相反。至於解釋成杜光庭、杜默、杜陵田何、南朝杜道士等說，恐怕都是強作解人、胡亂「杜撰」。

即使我們暫且不論這些玄幻內容，〈虬髯客傳〉關於史實人物楊素、李靖等人的描述也根本是胡說八道，幾乎是粉絲的OOC同人誌[4]，從第一段唬爛到最後一段。以下讓我們用事實查核的格式，看看裡面哪些是唬爛的、哪些還算有道理的，也幫大家釐清一下裡面的人物史實上到底都是幹嘛的。

【錯誤】：「隋煬帝之幸江都也，命司空楊素守西京。」

首先楊素是隋朝名將，曾權傾一時[5]，但他並沒有擔任過「司空」一職。其次隋煬帝曾三下江南，結合下文李世民人在太原、又有「時亂」，時間點應該是最後一次，約在西元六一七年，楊素卻早在六〇六年就葛屁了，根本不應該詐屍出現在故事裡。

【錯誤】：「衛公李靖以布衣上謁，獻奇策，（楊）素亦踞見。」

李靖出身將門世家[6]，自己十六歲就開始當官，這一年已經是個四十六歲的老政客，完全跟「布衣」扯不上邊。而且楊素其實早就認識李靖，還很喜歡他，曾經跟他說「我這個位子遲早是你的[7]」，所以也不可能有這種死老百姓提意見被瞧不起的狀況。

小說後面虬髯客說李靖是「貧士」，自然也是純唬爛，人家是將門虎子，誰跟你貧士？還有說李靖得到虬髯客的資助「遂為豪家」也是大可不必，人家本來就是豪家。

考慮到李靖是個四十六歲歐吉桑，如果說真的有十八歲少女紅拂一見鍾情的情節，不會是「小倆口為愛走天涯」這種浪漫故事，而比較像「已婚中年政客深夜幽會女高中生」之類的鏡週刊八卦，稍微有點小噁。

---

4 宅術語。同人誌指與本作人物相同，但情節、設定都重寫的改編作品，常常用來幫自己喜歡的角色湊（通常是同性）伴侶或彌補本作的bad end；OOC即out of character，指同人誌人物設定與本作相差太多、面目全非；OGC，象形字，指男性自慰（與本文無關）。

5 後文寫到楊素家裡超級有錢、女人超級多倒是真的。隋書載：「家僮數千，後庭妓妾曳綺羅者以千數。第宅華侈，制擬宮禁……素之貴盛，近古未聞。」家裡婢女小妾上千人，完全是帝王後宮的等級。

6 他舅舅是名將韓擒虎、哥哥是隋朝大將軍、爸爸爺爺都是公爵、刺史之類。

7 楊素本人算是隋朝戰神之一，本傳之中陸戰、水戰、滅國、剿匪攻無不克，戰後也當過宰相。某種意義上，李靖確實坐上了他的位子，只是改朝換代了。

【可能正確】：「追訪（紅拂女）之聲，意亦非峻。」

自家婢女跟人跑了，如果楊素還活著倒真的很可能不太介意。唐人筆記[8]曾記載一則「破鏡重圓」的純愛故事，可看出楊素的大度形象：

隋滅陳後，陳國公主被楊素收為小妾，楊素很喜歡她。但公主此前與駙馬十分恩愛，互相約定如果國家滅亡，就以一面劈成兩半的鏡子為信物，找回彼此。公主於是託人在市場叫賣這半面破鏡，果然讓駙馬注意到，拿出破鏡的另一半，循線聯絡上公主。楊素知道這件事後，大方成全公主回到駙馬身邊，這就是成語「破鏡重圓」的由來。紅拂女

私奔我想可能也多多少少參考了這個故事設定。

這個故事也可以看出來，楊素的歷史形象其實不算太糟糕，奢侈、弄權固然難免，但這類可愛小故事以及早年開國戰爭英雄的印象更深入人心。

【錯誤】：「愚（李靖）謂之真人（真天子）……州將（李淵[9]）之子（李世民）。」

這邊說李靖把李世民視為天子，有意前往歸附，其實大謬。史實中李靖發現李淵想造反的時候，馬上動身要去江南找隋煬帝告密，結果被李淵逮個正著，差點一刀把他砍了。千鈞一髮之際，李靖很機伶的見風轉舵，馬上說：「李大人英明神武，想除暴安良，一定用得上我，我超勇的！」李淵看他這麼勇，就把他留下來用。後來李靖為大唐掃蕩群雄、抵拒外族，幾乎戰無不勝，成為歷史上最傳

8　韋述《兩京新記》、孟棨《本事詩》。

9　冷知識：李淵有三個奶頭，而且李世民在玄武門之變之後為表忠心，還去吸他的奶。（蛤？？？？）（與本文無關）

奇的武將之一。

可見李靖在當時不但沒有想一起造反，還想搞死李淵這個臭反賊，哪裡會把李世民當作「真人」。

底下「州將」一詞系指「州刺史（州牧）」，李淵雖擔任過刺史，此時的職位卻是「太原（郡）留守（駐軍將領）」，不是州將，這是個小bug。

【錯誤】：「有海賊（虬髯客）以千艘，積甲十萬人，入扶餘國，殺其主自立……瀝酒東南祝拜之。」

扶餘國實際上是高句麗的前身，算韓國人的祖宗，地方當然在中國東北面而不是東南面。大概是杜光庭沒什麼國際常識，聽過有這麼個蠻夷國家，就隨便安排個方位，好比西方人搞不清楚Taiwan跟Tailand的差別，反正都是一群呼呼嘿嘿（種族歧視警告）。

作者杜光庭竟是大法師？[10]他為什麼要造謠？

這裡的法師當然指的是道士，不是霍格華茲教授，雖然他似乎確實有一根超屌法杖。史載：「光庭居恒持驕龍杖一條，紅如猩肉，重若玉石，絕非藤竹所為，相傳遇仙人留賜云。」

杜光庭在政治、文學界都不算個咖，所以國文老師也基本上不認識他，但他在道教界卻是真正的宗師級人物。尤其在祭祀儀式的整理修訂方面，可說是集大成者——「科儀典格，燦然詳密矣，後世遵行，莫敢越也。」[11]直到現在台灣的道教儀式，還往往能追溯到杜光庭留下來的範本。也就是說你家附近的宮廟弄個

---

10 嚴格的考證上，其實不能保證是杜光庭寫的，只是他的集子裡收了一篇刪節版。更廣義而言，〈虬髯客傳〉其實是經過漫長演變的民間故事，最早在杜甫〈送重表侄王砅評事使南海〉就有相關情節的紀錄，當時虬髯跟李世民還是同一個人。但不論是不是他寫的，仍可大致肯定本故事反映了杜光庭本人的意識型態，因此這邊就先假裝是他寫的ㄅ。

11 南宋金允中《上清靈寶大法》。

什麼大拜拜，怎麼點燈設壇、拜什麼食物、唸什麼咒語，都可能深受杜光庭影響。

那麼他為何要造這些謠呢？讓我們簡單看一下他的發跡史。

話說唐僖宗初年，黃巢亂起。就像現代人遇到挫折的時候開始學占星、算塔羅，才十三歲的唐僖宗慌得要死，開始找更多道士進入皇宮。道士杜光庭就在這時候被詔入唐廷，小小的僖宗很喜歡二十五歲的法師大葛格，賜給他象徵地位的紫衣，並可隨意進出宮廷，杜光庭搖身一變成為當時最有影響力的道門領袖、新一代大唐國師。

不久後黃巢攻陷長安，僖宗倉皇逃往四川，杜光庭隨之進入四川，在四川幫他弄了好幾場「周天大醮」之類不明覺厲[12]的消災祈福儀式。後來黃巢雖滅（迷信的話，也可以把滅黃巢當作杜光庭「消災解厄」的戰績），藩鎮割據卻更形嚴重，朱溫、李克用等軍閥完全失控，杜光庭就留在四川繼續搞他的道教事業。

〈虬髯客傳〉大概就是在他作為御用道士的這段時間寫（或改寫）的，目標自然是為唐廷宣傳，警告這些軍閥不要妄想能反抗、甚至取代唐朝。從這個大內宣的視角看，〈虬髯客傳〉有那麼多唬爛也就順理成章了。

首先要透過楊素奢侈腐敗的形象醜化隋朝，說明唐朝立國的正當性。但如果要醜化隋煬帝不免讓人聯想起唐帝國以叛亂起家的事實、甚至聯想到僖宗的無能，所以只能把早應該去世的楊素挖出來鞭屍了。即使楊素在史實中是一代戰神，才華器量俱佳，也要抹黑成「屍居餘氣，不足畏也」（活得像具屍體，只是還在呼吸，不值得害怕）。

李靖的隋朝官吏形象要抹除，不能讓他產生「人臣之謬思亂」的形象。李靖忠於隋朝而想搞死李淵更不可能還原，怎麼能有「忠臣李靖被反賊李淵挾持叛國」這種大逆不道的辱唐情節呢？

至於李靖紅拂的俊男靚女形象，大概是為了某種偶像劇審美，畢竟誰想看一個油膩歐吉桑玩女人、聊事業？那種畫面我們在職場上已經看吐了。

除了史實的謬誤，紅拂、虬髯、道士三位虛構人物，也是為了襯托李世民乃

12　「不知道是什麼，但感覺很厲害」之省稱。

是大唐偉大的導師、偉大的領袖、偉大的統帥、偉大的舵手。

紅拂女性格颯爽又有智慧，一眼就認定了未來的大唐戰神李靖。而擁有「奇特之才」的李靖又奉李世民為「真人」，甘願「奉真主，贊功業」，紅拂也因此能「從夫之貴，榮極軒裳」。

虬髯客外形酷炫、作風豪邁、家裡有礦，人狠話也多，一出場就吃人內臟，連坐騎也是「幻獸·肉食性跛驢」，自帶超強陽剛氣概與道教神異色彩。但就是這樣的強者，一看到李世民身上的主角光環，都「見之心死」，知道自己不是龍傲天主角的對手。

道士戲分不多，地位卻隱隱在虬髯

客之上，似乎是他的軍師甚至導師，看到李世民之後就勸虬髯客打消爭奪天下的夢想，並安慰他「他方可圖，勉之哉」。

我們要注意到杜光庭本人就是道士，透過這個地位超然的道士角色，他很可能想告訴讀者「天命」的所在，唯有法力高強的道士能看得清楚。那麼當今天下，誰的道術最高、誰有資格判斷誰是真龍天子呢？當然是卐Oo煞氣ㄟ上都太清宮華頂羽人弘教大師大德紫衣道士廣成先生金門羽客傳真天師oO卐，aka我老人家杜光庭本人。我老人家現在站在唐朝這邊，天命當然也在唐朝這邊。

人臣之謬思亂者竟是我自己

雖然〈虬髯客傳〉信誓旦旦地說「我皇家垂福萬葉，豈虛然哉？」但我們剛剛既然提到黃巢之亂，不出意外的話，唐朝馬上就要出意外了。

西元九〇七年，朱溫殺唐哀帝自立，唐亡。同年四川大軍閥王建稱帝，國號大蜀，五代十國於焉展開。

大蜀王建雖沒有篡位，但本來就擁兵自重、不聽指揮肆意擴張地盤，早就想稱帝很久了，說他是「人臣之謬思亂者」之一，應該是恰如其分的。但杜光庭似乎沒有為唐朝難過太久，兩年後就在「亂臣賊子」王建手下當上了官，而且理所當然的幫王建造神、祈福了起來。杜光庭為他寫了一本〈王氏神仙傳〉，蒐集了大量王姓神仙的故事，說明「王氏」尊爵不凡，乃是神仙血脈。

這還不夠離譜，杜光庭還給王建的太子當老師，然後這個太子後來搞兵變被殺了。杜光庭不但幫「人臣之謬思亂者」造神，甚至親手教育出「人臣之謬思亂者」，實在是令人無語。

當然，杜光庭為王氏造神，並不會讓他們家變成真命天子。王建政權後來

當有人問「人臣之謬思亂者」是誰?
杜光庭:

二世而亡，成了十國中第一個滅亡的政權。滅亡的時候杜光庭還活得好好的，也不知道他當時是什麼心情。他兩次為國造神、作法，兩次都亡國，會不會開始懷疑自己辨認「真龍天子」的眼光以及祭祀儀式的功效？

〈虬髯客傳〉算武俠嗎？

政治歷史談完了，還是簡單聊一下文學。

金庸先生曾奉〈虬髯客傳〉為武俠鼻祖，我本來不願承認，覺得〈虬髯客傳〉一架都沒打，算什麼武俠？後來看到他完整的說明，我才慚愧是我膚淺了。

金庸〈三十三劍客圖〉：「這篇傳奇為現代的武俠小說開了許多道路。有歷史的背景而又不完全依照歷史；有男女青年的戀愛；男的是豪杰，而女的是美人（『乃十八九佳麗人也』）；有深夜的化裝逃亡；有權相的追捕；有小客棧的借宿和奇遇；有意氣相投的一見如故；有尋仇十年而終於食其心肝的虬髯漢子；有神祕而見識高超的道人；有酒樓上的約會和坊曲小宅中的密謀大事；有大量財富和慷慨的贈送；有神氣清朗、顧盼煒如的少年英雄；有帝王和公卿；有驢子、馬匹、匕首和人頭；有弈棋和盛筵；有海船千艘甲兵十萬的大戰；有兵法的傳授……所有這一切，在當代的武俠小說中，我們不是常常讀到嗎？」

〈虬髯客傳〉中這些情節往往一兩句話帶過，留下了太多想像空間。比如紅拂女過去經歷了什麼？為何一個深鎖相府的小妓有如此膽略？紅色拂塵是她的武器嗎？李靖的奇策能否扭轉隋朝的頹勢？楊素說了什麼，讓他果斷棄隋就唐？兩人如何躲過楊素的追殺？易容？布下疑陣？虬髯所殺的「天下負心人」是誰？難道是楊素？「銜之十年」當中經過了多少恩怨、多少廝殺？神奇的跛驢又是什麼來歷？虬髯對紅拂女這麼照顧，把一切都留給能照顧她的李靖，有多少委婉浪漫的心情？李世民作為真命天子，心中對天下的想像是什麼？道士是不是其實武功超強？劉文靜棋高道士一籌，又有什麼神祕本領？李靖除了兵法，是不是也從虬髯手上得到了什麼武功祕笈？「海船千艘，甲兵十萬」的大戰，能不能出一篇外傳小說？

這些種種，無不令人心馳神往，隱約有個更大更精彩的江湖世界在腦海翻湧。

坊間教科書上對本文人物、情節的分析，我以為已經十分充足，不必再多寫，但我想如果能指出以上的空白，想必能增加許多閱讀中想像的樂趣。〈虬髯客傳〉這麼早期的作品，能點出這麼多張力十足的主題，實在令人驚嘆。金庸本來想把它寫成更完整的作品，但發現「再加鋪敘，未免是蛇足了」，遂擱筆不就。

說實話，身為一個十分膚淺的讀者，對此還是頗有遺憾，還是想看虬髯客運起神功暴揍戰神楊素、紅拂女掄起拂塵抽死來犯刺客之類的暴力場面，最好再來點金光閃閃的特效[13]。

結語

〈虬髯客傳〉想宣傳的政治主題已經遠去，只留下一個「不必輕信造神」的簡單教訓，但他留下的武俠氛圍，卻足令我們低迴至今，也許這就是文學大法師神祕的地方吧。

13　舒淇還真的拍過武俠劇《紅拂女》三十集，但沒有很好看，也不太忠於原著。

虬髯客傳

杜光庭

古人說

隋煬帝之幸江都也，命司空楊素守西京。素驕貴，又以時亂，天下之權重望者莫我若也，奢貴自奉，禮異人臣。每公卿入言，賓客上謁，未嘗不踞床而見，令美人捧出，侍婢羅列，頗僭於上。末年益甚，無復知所負荷、有扶危持顛之心。一日，衛公李靖以布衣上謁，獻奇策，素亦踞見。靖前揖，曰：「天下方亂，英雄競起。公為帝室重臣，須以收羅豪傑為心，不宜踞見賓客。」素斂容而起，與語，大悅，收其策而退。

當靖之騁辯也，一妓有殊色，執紅拂，立於前，獨目靖。靖既去，而執拂者臨軒指吏，問曰：「去者處士第幾？住何處？」吏具以對。妓誦而去。

靖歸逆旅。其夜五更初，忽聞叩門而聲低者，靖起問焉。乃紫衣戴帽人，杖揭一囊。靖問：「誰？」曰：「妾，楊家之紅拂妓也。」靖遽延入。脫衣去帽，乃十八九佳麗人也，素面華衣而拜，靖驚答拜。曰：「妾待楊司空久，閱天下之人多矣，無如公者。絲蘿非獨生，願託喬木，故來奔耳。」靖曰：「楊司空權重京師，如何？」曰：「彼屍居餘氣，不足畏也。諸妓知其無成，去者眾矣，彼亦不甚逐也。計之詳矣，幸無疑焉！」問其姓，曰：「張。」問其伯仲之次，曰：「最長。」觀其肌膚、儀狀、言詞、氣性，真天人也。靖不自意獲之，愈喜愈懼，瞬息萬慮不安，而窺戶者無停屨。數日，亦聞追訪之聲，意亦非峻，乃雄服乘馬，排闥而去，將歸太原。

行次靈石旅舍，既設床，爐中烹肉且熟；張氏以髮長委地，立梳床前。靖方刷馬，忽有一人，中形，赤髯而虬，乘蹇驢而來，投革囊於爐前，取枕欹臥，看張梳頭。靖怒甚，未決，猶刷馬。張氏熟視其面，一手握髮，一手映身搖示靖，令勿怒。急急梳頭畢，斂衽前問其姓。臥客答曰：「姓張。」對曰：「妾亦姓張，合是妹。」遽拜之。問：「第幾？」曰：「第三。」問：「妹第幾？」曰：「最長。」遂喜曰：「今日幸逢一妹。」張氏遙呼：「李郎，且來見三兄！」靖驟拜之，遂環坐。曰：「煮者何肉？」曰：「羊肉，計已熟矣。」客曰：「飢甚！」靖出市胡餅。客抽腰間匕首，切肉共食。食竟，餘肉亂切，送驢前食之，甚速。客曰：「觀李郎之行，貧士也，何以致斯異人？」曰：「靖雖貧，亦有心者焉。他人見問，固不言；兄之問，則無隱耳。」具言其由。曰：「然則將何之？」曰：「將避地太原。」客曰：「然，吾故謂非君所能致也。」曰：「有酒乎？」靖曰：「主人西則酒肆也。」靖取酒一斗。酒既巡，客曰：「吾有少下酒物，李郎能同之乎？」靖曰：「不敢。」於是開革囊，取一人頭並心肝；卻頭囊中，以匕首切心肝共食之。曰：「此人天下負心者。銜之十年，今始獲之，吾憾釋矣。」又曰：「觀李郎儀形器宇，真丈夫也。亦知太原有異人乎？」曰：「嘗見一人，愚謂之真人。其餘，將帥而已。」曰：「何姓？」曰：「靖之同姓。」曰：「年幾？」曰：「僅二十。」曰：「今何為？」曰：「州將之子。」曰：「似矣，亦須道兄見之。李郎能致吾一見乎？」曰：「靖之友劉文靜者，與之狎，因文靜見之可也。然兄欲何為？」曰：「望氣者言太原有奇氣，使吾訪之。李郎明發，何日到太原？」靖計之日，曰：「某日當到。」曰：「達之明日方曙，候我於汾陽橋。」言訖，乘驢而去，其行若飛，回顧已失。靖與張氏且驚且喜，久之，曰：「烈士不欺人，固無畏！」促鞭而行。

及期，入太原，候之，相見大喜，偕詣劉氏。詐謂文靜曰：「有善相者思見郎君，請迎之。」文靜素奇其人，方議論匡輔，一旦聞客有知人者，其心可知，遽致酒延焉。既而太宗至，不衫不履，裼裘而來，神氣揚揚，貌與常異。虬髯默居坐末，見之心死。飲數巡，起招靖曰：「真天子也！」靖以告劉。劉益喜，自負。既出，而虬髯曰：「吾見之，十八、九定矣，亦須道兄見之。李郎宜與一妹復入京，某日午時，訪我於馬行東酒樓下。下有此驢及一瘦驢，即我與道兄俱在其所也。」公到，即見二乘：攬衣登樓，即虬髯與一道士方對飲。見靖驚喜，召坐環飲。十數巡，曰：「樓下櫃中有錢十萬，擇一深隱處駐一妹。畢，某日，復會我於汾陽橋。」

如期至，即道士與虬髯已到矣。共謁文靜，時方弈棋，起揖而語，少焉，文靜飛書迎文皇看棋。道士對弈，虬髯與靖旁立為侍者。俄而，文皇來，精采驚人，長揖就坐，神清氣朗，滿坐風生，顧盼煒如也。道士一見慘然，下棋子曰：「此局輸矣！輸矣！於此失卻局，奇哉！救無路矣！復奚言！」罷弈請去。既出，謂虬髯曰：「此世界非公世界也，他方可圖。勉之，勿以為念！」因共入京。虬髯曰：「計李郎之程，某日方到。到之明日，可與一妹同詣某坊曲小宅。媿李郎往復相從，一妹懸然如磬，欲令新婦祗謁，略議從容，無前卻也。」言畢，吁嗟而去。

靖亦策馬遄征，俄即到京，與張氏同往，乃一小板門。叩之，有應者，拜曰：

「三郎令候一娘子、李郎久矣。」延入重門，門益壯麗。奴婢三十人羅列於前，奴二十人引靖入東廳。廳之陳設，窮極珍異，巾箱妝奩冠鏡首飾之盛，非人間之物。巾妝梳櫛畢，請更衣，衣又珍奇。既畢，傳云：「三郎來！」乃虬髯者，紗帽裼裘，有龍虎之姿。相見歡然，催其妻出拜，蓋亦天人也。遂延中堂，陳設盤筵之盛，雖王公家不侔也。四人對坐，牢饌畢陳。女樂二十人，列奏於前，似從天降，非人間之曲度；食畢，行酒。而家人自西堂舁出二十床，各以錦繡帕覆之。既呈，盡去其帕，乃文簿鎖匙耳。虬髯謂曰：「盡是珍寶貨泉之數，吾之所有，悉以充贈。何者？某本欲於此世界求事，或當龍戰三二十載，建少功業。今既有主，住亦何為？太原李氏，真英主也。三五年內，即當太平。李郎以奇特之才，輔清平主，竭心盡善，必極人臣；一妹以天人之姿，蘊不世之藝，從夫之貴，榮極軒裳。非一妹不能識李郎，非李郎不能榮一妹。聖賢起陸之漸，際會如期；虎嘯風生，龍騰雲萃，固當然也。將余之贈，以奉真主，贊功業，勉之哉！此後十餘年，東南數千里外有異事，是吾得志之秋也。一妹與李郎可瀝酒相賀。」顧謂左右曰：「李郎、一妹，是汝主也。」言畢，與其妻戎裝乘馬，一奴乘馬從後，數步不見。靖據其宅，遂為豪家，得以助文皇締構之資，遂匡大業。

貞觀中，靖位至僕射。東南蠻奏曰：「有海賊以千艘，積甲十萬人，入扶餘國，殺其主自立，國內已定。」靖知虬髯成功也，歸告張氏，具禮相賀，瀝酒東南祝拜之。

乃知真人之興，非英雄所冀，況非英雄乎？人臣之謬思亂，乃螳蜋之拒走輪耳。我皇家垂福萬葉？豈虛然哉！或曰：「衛公之兵法，半是虬髯所傳也。」

翻譯蒟蒻

隋煬帝下江南的時候，讓司空楊素留守西京長安。楊素驕傲尊貴，又認為時局紛亂，天下沒有人比自己權力更大聲望更高，所以過得非常豪奢，禮法都不像做人家臣子的人。每次公卿來說話，或是賓客來拜訪，每次都張開腿坐在床上接見的，還要叫美人把他抬出來，侍婢羅列在旁邊，很是僭越於皇權。晚年愈發嚴重，不再知道自己的責任、不再有要扶持危殆隋朝的用心。

一天，衛公李靖用百姓身分拜訪楊素，要獻給他神奇的計策，楊素還是開著腿見他。李靖向前作揖，說：「天下正亂，英雄爭相崛起。您是皇家重臣，應該用心拉攏結交豪傑，不應該這樣開腿見賓客。」楊素端正表情坐起來，跟李靖交談，非常愉快，收了他的計策後離開了。

當李靖在馳騁辯才的時候，有一個特別美貌的家妓，拿著紅色拂塵，站在前面，單單注視著李靖。李靖離開後，這位拿拂塵的家妓靠窗指著一旁小吏，問他說：「剛離開的那個讀書人家裡排行第幾？住在哪裡？」小吏詳細回答了。家妓背誦了他的身家資料後離開了。

李靖回到旅館。這晚半夜三點多，忽然聽到小聲敲門的聲音，李靖爬起來問話。原來是個紫衣戴帽人，手杖上掛著一個行囊。李靖問：「你誰？」回答說：「我，楊家拿紅色拂塵的家妓。」李靖趕快邀她進入。脫下衣帽，原來是個十八九歲的美女，她素顏華服行禮，李靖驚嚇著回禮。她說：「我侍奉楊司空很久了，看過天下很多的人，沒有一個像你一樣的。我猶如菟絲女蘿這些植物不能獨自生存，想託付在你這棵喬木身上，所以來投奔你。」李靖說：「楊司空在京師權力滔天，怎麼辦？」她說：「楊素活得像具屍體只是還在呼吸，不值得害怕。很多家妓知道他沒有前景，離開的人很多，他也不太去追。我考慮得很詳細了，希望你不用懷疑！」李靖問她的姓，她說：「姓張。」問她家裡排行，她說：「最大。」李靖看她的肌膚、儀態、言詞、氣質，真是天仙般的美人。李靖沒想到自己能獲得這樣的女人，愈發高興也愈發害怕，一瞬間閃過萬種焦慮不安，一直跑去在窺探門外腳步都停不下來。幾天下來，也有聽到追找紅拂女的風聲，但感覺也不是很嚴峻，於是讓紅拂女穿男裝騎馬，兩人大方開門離開，準備回到太原。

他們落腳在靈石旅舍，床安排好了，爐中煮的肉也快熟了；紅拂女張氏的長髮垂落到地上，站著在床前梳頭。李靖正在刷馬，忽然有一個人，中等身材，留著紅色的捲曲大鬍子，騎著一頭跛驢來到，丟下一個皮囊在爐前，拿過枕頭斜躺下來，盯著看紅拂女梳頭。李靖很生氣，猶豫著，還在刷馬。紅拂女認真看著虬髯客的臉，一手握著頭髮，一手在身後搖了搖暗示李靖，要他先不要生氣。急急梳完頭，整理衣襟上前問虬髯客姓什麼。虬髯客躺著回答：「姓張。」紅拂女回答：「我也姓張，可以算是你妹妹。」趕緊向虬髯客行禮。接著問他：「您排行第幾？」虬髯客答：「第三。」又反問她：「妹妹排行第幾？」紅拂女說：「最大。」虬髯客於是開心的說：「今天真幸運遇到了一妹。」紅拂女遠遠喊：「李郎，快來見三哥！」李靖立刻行禮，於是三人圍著坐。虬髯客說：「煮的是什麼肉？」李靖說：「羊肉，估計快熟了。」虬髯客說：「好餓喔！」李靖就出去買了胡餅。虬髯客抽出腰間匕首，切肉一起吃。吃完，剩肉隨便切一切，送到驢子前餵牠，驢子吃得很快。虬髯客說：「看李郎的舉動，是個窮書生，怎麼得到這麼厲害的女人？」李靖說：「我李靖雖貧窮，也是個胸懷大志的人。別人問我，本來不會說；但哥哥問我，就不隱瞞了。」詳細告訴他那些緣由。虬髯客說：「那麼你們之後要去哪？」李靖說：「要去太原避難。」虬髯客說：「合理，我就說一妹不是你能找得到的。」虬髯客說：「有酒嗎？」李靖說：「旅舍西邊就是酒肆。」李靖就去拿了一斗酒。敬酒一輪後，虬髯客說：「我有一點下酒菜，李郎能一起吃嗎？」李靖說：「不敢當。」於是虬髯客解開皮囊，拿出一個人頭還有一副心肝；把頭放回囊中，用匕首切心肝一起吃了。虬髯客說：「這是天下最負心的人。我追了他十年，今天才拿下，我的遺憾終於解放了。」又說：「看李郎的儀表氣度，是個真丈夫，你也知道太原有什麼神異之人嗎？」李靖說：「曾見過一個人，我說他是真命天子。其他的，只是將帥。」虬髯客問：「他姓什麼？」李靖說：「跟我同姓。」問說：「幾歲？」答說：「只有二十歲。」問說：「現在在幹嘛？」答說：「是刺史的兒子。」虬髯客說：「那很像這麼回事，但還需要我道兄見過才能確定。李郎能帶我見他一面嗎？」李靖說：「我的朋友劉文靜，跟他很好，可以透過劉文靜去見他。

但哥哥想要幹嘛？」虬髯客說：「看氣運的人說太原有神奇的氣，讓我去看看。李郎明天出發，何時到太原？」李靖計算了時間，說：「某日應該會到。」虬髯客說：「你到的隔天天剛亮的時候，在汾陽橋等我。」說完，騎著驢子離開，驢子走得像飛一樣，回頭看已經不見了。李靖跟紅拂女又震驚又開心，很久後，才說：「這種豪烈之士不會騙人，本來就不用怕！」兩人就快馬加鞭離開了。

到了約定的時間，他們進入太原，等待虬髯客，三人相見大喜，一起去拜訪劉文靜。騙劉文靜說：「有擅長面相的朋友想見那位郎君，請你迎接他來吧。」劉文靜向來覺得那人很神奇，正在與他討論輔佐建國，一聽到有懂得看人的客人，劉文靜的心情可想而知，很快就擺酒邀請人過來。不久唐太宗就到了，沒有穿袍衫靴子，一身皮衣披風就來了，神采飛揚，容貌非同尋常。虬髯客默默坐在末位，見到他就心死了。酒過數巡，虬髯客起來找李靖說：「這是真天子也！」李靖把他的話告訴劉文靜。劉文靜更開心了，很得意。出來後，虬髯客說：「我看了，十之八、九確定了，但還是要我道兄見過才能肯定。李郎你跟一妹回到京城，某日中午，去馬行東酒樓下找我。樓下會有這頭驢子跟一頭瘦騾，就知道我跟道兄都在那裡。」

李靖到時，就看見那兩頭坐騎；他提起衣襬上樓，就看見虬髯客跟一個道士正在喝酒。他們見到李靖很驚喜，叫他坐下圍著喝酒。互相敬酒十幾輪後，虬髯客說：「樓下櫃中有十萬塊錢，找一個隱密的地方安頓好一妹。安頓好後，某日，再去汾陽橋跟我會合。」

李靖如期來到，看到道士跟虬髯客已經到了。三人一起去見劉文靜，他這時正在下棋，起立作揖跟他們談話，不久後，劉文靜寫信派人火速請唐太宗來看棋。道士跟劉文靜對弈，虬髯跟李靖站在旁邊侍候。不久，唐太宗來了，神采驚人，長揖後坐下，神清氣朗，滿座都像有風吹過，顧盼之間眼神都像在發光。道士一見到他臉色慘然，放下棋子說：「這局全輸了！在這裡輸掉，太神奇了！沒辦法救了！還有什麼可說的！」就不下了告辭離開。出來後，道士跟虬髯客說：「這個世界不是你的世界，還有其他地方可以圖謀。加油，不要再想這邊的事了！」幾人都準備要進京城。虬髯客說：「算李郎的行程，某日才到。到了的隔天，可跟一妹一起去某街巷小宅。我很慚愧讓李郎跟著我反覆跑，晾著一妹像懸磬一樣孤單，我想讓我老婆拜見兩位，並商量一下之後怎麼做，請不要提前推辭。」說完，嘆著氣離開了。

李靖也策馬快行，不久就到京城，跟紅拂女一起前往，該地點有一個小板門。叩門，有人來應門，行禮說：「三郎讓我等候一娘子、李郎很久了。」邀請進入一扇又一扇門，門越來越壯麗。奴婢三十人在前面羅列，奴僕二十人帶李靖進入東邊大廳。大廳的陳設，窮極珍異，小箱子、梳妝台、帽子、鏡子、首飾非常華麗，不像人間之物。幫他們梳妝完畢，又請他們換衣服，衣服也很珍奇。完事後，有人傳報：「三郎來了！」只見虬髯客，穿著紗帽皮衣披風，有龍虎之姿。三人相見都很開心，虬髯客催促他妻子出來拜見，原來也是位天仙美人。於是邀請到中堂，他們陳設餐具之華麗，即使王公貴族也不能相比。四人對坐，大魚大肉都拿出來了。音樂歌舞女郎二十人，在前面演奏，像是天上下凡的，不像是人間的音樂。吃完，又喝酒。虬髯客家的人從西堂抬出二十個小床，各有錦繡帕蓋著。呈上來後，把帕子都拿掉，裡面是文簿跟鑰匙。虬髯客說：「這些都是珍寶錢財的帳本，是我的財產，全部送給你們。為什麼呢？我本來想在這個世界追求事業，可能要龍爭虎鬥三二十年，稍微建立些功業。現在既然這裡有主人了，留下又能做什麼？太原李氏，是真正的英主。三五年內，應該就會太平了。李郎用奇特的才能，輔佐太平君主，竭心盡力好好做，一定位極人臣；一妹用天仙的姿容，隱藏著不世出的技藝，跟隨丈夫而富貴，享盡榮華富貴。不是一妹不能賞識李郎，不是李郎也不能榮耀一妹。聖君賢臣崛起的時候，彼此交會就像是之前約定過一樣，虎咆嘯風就會吹起，龍騰飛雲就會聚集，本來就是理所當然。拿著我送的東西，去侍奉真命天子，協助他的功業，加油了！這之後十幾年，如果聽說東南數千里外有奇怪的事，那就是我得志的時候了。一妹跟李郎到時候可以朝東南倒酒向我祝賀。」虬髯客轉頭跟左右說：「李郎、一妹，以後就是你們的主人。」說完，虬髯客跟他妻子軍裝騎馬，一個奴僕騎馬跟在後面，走幾步就都消失不見了。李靖擁有了他家，就變成了大有錢人，得以贊助唐太宗創業的資源，於是底定了帝業。

貞觀年間，李靖官當到僕射（宰相級的大官）。東南蠻來上奏說：「有海賊坐擁千艘船艦，累積甲兵十萬人，進入扶餘國，殺了國君自立為王，國內已經平定了。」李靖知道是虬髯客成功了，回家告訴紅拂女，準備了禮物祝賀，又往東南倒酒祝福他。

所以我們知道真命天子興起，連英雄也不能期望要對抗，何況不是英雄的呢？做人臣子卻荒謬地想作亂，就像螳螂妄想擋住車輪一樣蠢。我大唐皇家福澤延續萬代，豈是隨便說說呢！有人說：「衛公李靖的兵法，有一半是虬髯客傳授的。」

Ｙ我就會死，哪裡無盡了？——蘇東坡〈赤壁賦〉到底在公三小？

不知道大家在上〈赤壁賦〉的時候有沒有標題上的疑問。〈赤壁賦〉第四段說的「從變化的角度來看，天地每秒都在變」很好理解；但到底要怎麼「自其不變者觀之」才會得出「物與我皆無盡」這種詭異的結論辣？

其實不只你不知道，國文老師們也很困擾，教甄試教大家都會祈禱不要抽到〈赤壁賦〉，因為自己也看不懂他在幹嘛；連地表最強國文課的陳茻老師都說他「難以準確回答」[1]；甚至朱熹都感到黑人問號：「卻是箇甚底物事？」

不過要談這個問題之前，讓我們先聊聊蘇東坡這個大聰明吧。

超級學霸與嘴賤狂魔

蘇軾是個超頂級學霸，所有神童在他面前都要黯然失色。

他二十一歲第一次考科舉就第二名中進士[2]，考官歐陽修本來要給他第一，只是誤以為他的考卷是自己學生曾鞏[3]，所以避嫌給第二。歐陽修後來說：「只恐到了三十年後，人只知有蘇文，不知有我矣。」直接把當時的文壇盟主歐陽修嚇到懷疑人生。

這個故事大家耳熟能詳，但他更誇張的是四年後的「制科」考試。「制科」題目給考生六個不同出處的句子，考生要先寫出每句的前後文，然後在一天一夜內寫成六篇文章，至少三千字[4]。出題範圍包含九經、論孟、所有正史，甚至諸子、兵書等雜學，加起來有上千萬字，都要完全讀熟。

他拿下的成績不但是第一，而且是「百年第一」，宋朝開國以來沒人拿過這麼好的成績，在他之後也只有兩人拿到，簡直是學霸界的五條悟，天上天下、唯我獨尊。考完試皇帝回去跟老婆說：「為子孫得太平宰相兩人（指他跟弟弟蘇轍）。」

但大家也知道，聰明的人往往很難避免自己講話機掰，何況是宇宙學霸蘇軾？

蘇軾才剛開始上班就跟一個嚴肅的上司鬧得很僵，動不動就寫詩諷刺他，甚至上司蓋了觀景台，他上去題字說：「觀景台蓋了早晚要塌，就像您老人家遲早會被換掉。」[5]

1　陳玴〈當學生問我《赤壁賦》的這一句該怎麼解讀……〉，而且我覺得陳玴老師後來避重就輕地去談後面的「吾與子共食清風明月」的內容了（不過我真的很喜歡陳玴老師的，想被他揍一拳試試看，但拜託不要出全力）。

2　這個說法其實不完全準確，因為最後一關皇帝只給他第六名，只是主要篩選人的那關他是第二。

3　請馬上背出唐宋八大家。不會？你段考完蛋了。

4　還有其他關卡，但這「祕閣六論」是最難的一關，其他就不贅述了。

5　蘇軾〈凌虛臺記〉。

後來王安石新黨變法，權傾天下，蘇軾不爽新法橫征暴斂，除了認真上書批評，私底下也到處亂酸[6]。他的詩句當中「青苗法擾民又沒屁用」、「才不屑當曹操的走狗」、「要想輔佐堯舜這種明君是沒希望了」、「鹽法把百姓搞得跟畜生一樣」、「好人在淋雨，垃圾在執政」[7]這種粗暴的言論比比皆是。

然後他終於翻車了。一次他調職，按慣例上表謝恩說：「凡人必有一得，而臣獨無寸長……知其愚不適時，難以追陪新進；察其老不生事，或能牧養小民。」翻成白話就是：「啊我就是個一無是處的垃圾，不像那些新（黨）人拿〜麼聰明，我就只配在一些小破地方廢。」過度的謙虛是傲慢，尤其是蘇軾這種全國知名的大天才，一聽就知道是在講幹話表達不爽。像極了你女/男友說的：「沒關係啊，我不重要啊，我哪比得上你兄弟/閨蜜重要，不用在乎我啊。」

這些話被新黨抓出來彈劾，連同以前的那些嘴砲也通通被翻出來，然後把蘇大聰明抓進監獄了。蘇軾很慌，非常慌，覺得自己嘴巴業障重，這次必死無疑，馬上要變成學霸界的二點五條悟。他差點在押解的路上跳河自殺，又在獄中寫了非常感人的絕命詩給弟弟：「是處青山可埋骨，他年夜雨獨傷神。與君世世為兄弟，又結來生未了因。」

經過好幾天不眠不休、連罵帶虐、「詬辱通宵不忍聞」的疲勞審問、一百三十天的關押，蘇軾被貶到黃州了。此即著名的「烏臺詩案」[8]。

公平來說，他的行徑固然白目，但也不算太誇張，文人發發牢騷嘛。寫詩諷刺也算是古老傳統，何況新法爭議大，批評的人多了去了。只是蘇軾太有名，新黨人說他那些嘴砲「小則鏤版、大則刻石，傳佈中外」、「譏切時事之言，流俗翕然，爭相傳誦」。

就像是班上第一名的同學，一天到晚說老師教得很爛，顯得特別有說服力，於是對老師的班級經營造成毀滅性打擊。尤其當時王安石等新黨大老相繼下野，

6　《石林詩話》：「子瞻數上書論天下事，退而與賓客言，亦多以時事為譏誚。」

7　分別出自〈山村五絕〉、〈送劉道原歸覲南康〉、〈戲子由〉、〈湯村開運鹽河雨中督役〉、〈次韻黃魯直見贈古風二首〉。

8　都說「烏臺詩案」是冤獄，但我其實不覺得是。雖然新黨論罪時多有穿鑿附會，蘇軾詩多譏諷卻是鐵一般的事實。若生在專制更酷烈的明清時期，恐怕蘇軾有一百個腦袋也不夠砍。若在現代中國，一個省長瘋狂罵政府，至少也是要流亡美國的。在專制條件下，他的罪名即使不算「大不恭」，至少「譏諷朝政」、「謗訕臣僚」完全是真實成立的。

新政其實已在風雨飄搖之中，急需鎮壓反動派、凝聚革命力量。樹大招風的蘇軾，正是用來祭旗、殺雞儆猴的最佳犧牲品。大概也是因此，神宗明明不相信蘇軾有意「謀反」云云，仍然要重貶蘇軾。

至於有些人說什麼都是小人忌妒蘇軾才華，見不得人家好，容或有之，但你們把政客想得太膚淺了，沒有利益與理念是凝聚不出這麼大的政治能量的[9]。

瀟灑不是擺爛，這是我自信的狀態（才怪）

蘇軾一下從萬人追捧的文學大明星，變成前途茫然的流放犯，痛苦可想而知，「魂驚湯火命如雞」、「寂寞沙洲冷」、「心衰面改瘦崢嶸」[10]。原本賴以驕傲的一切全部翻覆，社會地位「倒冠落佩從嘲罵」、人際關係「故人不復通問訊」、經濟狀況「恐年載間，遂有飢寒之憂」[11]。一時間生命失去了著落，只能任由自己不斷墜落。

但一味自傷，畢竟不是辦法，生活還要繼續，於是開始寫了很多「瀟（自）灑（我）曠（安）達（慰）」的作品。也就是我們最熟悉的那些什麼「誰怕？一簑煙雨任憑生」、「小舟從此逝，江海寄餘生」、「自喜漸不為人識」，包括課文〈赤壁賦〉：「飄飄乎如遺世獨立，羽化而登仙。」

如果只讀過這些詩文，往往會有一種誤解，好像蘇軾過得很爽，一點都不在乎這些挫折。但其實越是頻繁強調自己沒事，就越表示根本放不下。就像你朋友失戀之後，一天到晚在發「天涯何處無芳草」、「享受單身的自由」、「沒有你更開心」、「愛自己」之類的文案，顯然是他還沒有走出來，他在洗腦自己趕快放下。

事實上他到了貶官的第三年，還寫出了我個人心目中的emo詩之王《寒食詩帖》其二[12]：

9　新黨大小官員，從中央到地方，包含宰相級的大老，傾巢而出的圍剿，並動用大量行政資源到處蒐集蘇軾詩文、調查蘇軾所有朋友，這可是很費力的。

10　分別出自〈絕命詩〉、〈卜算子〉、〈侄安節遠來夜坐〉。

11　分別出自〈定慧院寓居月夜偶出〉、〈送沈逵赴廣南〉、〈與章子厚書〉。

12　順便說一句，蘇東坡《寒食詩帖》號稱天下第三行書，蔣勳老師散文集《大度・山》中有專文介紹。該文對小弟本人的書法觀念有重要啟蒙作用，推薦去找來看，或Youtube上也有他演講差不多的內容。

春江欲入戶，雨勢來不已。小屋如漁舟，濛濛水雲裡。
空庖煮寒菜，破竈燒濕葦。哪知是寒食，但見烏銜紙。
君門深九重，墳墓在萬里。也擬哭途窮，死灰吹不起。

雨下得很大，像是江水要沖進窗戶一樣。小屋像飄盪的漁舟，在風雨裡模糊。

廚房爛透了，破竈燒濕葦，菜都是冷的，似乎正好符合寒食節不吃熟食的習俗。其實日子渾渾噩噩，我根本不知道今天是幾號，只是看到烏鴉叼著紙錢，瀰漫著弔亡的氛圍，才知道是清明寒食。

國君的大門有九層，層層隔開了我；老家的祖墳在萬里之外，無從祭掃、歸期渺茫。想學阮籍走到絕路就痛哭[13]，但我的心如死灰，連想哭都提不起一絲力氣。

比起那些各種禪機、各種境界、逞強說不在乎的「曠達」詩句，我更喜歡「也擬哭途窮，死灰吹不起」這句，真誠的、淚水都乾涸的絕望。

阿〈赤壁賦〉到底在公三小

在說〈赤壁賦〉之前，我想再介紹一下另一首《寒食詩帖》其一：

自我來黃州，已過三寒食。年年欲惜春，春去不容惜。今年又苦雨，兩月秋蕭瑟。卧聞海棠花，泥汙燕支雪。闇中偷負去，夜半真有力。何殊病少年，病起頭已白。

13　竹林七賢之一，他沒事就開車往小路走，開到沒路的時候，就痛哭著回家。

可以在詩中清楚看到蘇東坡的「時間焦慮」。

「年年欲惜春，春去不容惜」，想珍惜時間、珍惜壯年（當時四十六歲），日子卻一年一年過去。

「臥聞海棠花，泥汙燕支（胭脂）雪」，胭脂色的鮮麗海棠花就像他的生命力，本應該燦爛綻放，但現在只能爛在汙泥之中，蘇大才子的才華抱負，就荒廢腐爛在這山村之中。

「闇中偷負去，夜半真有力」是《莊子》典故，就是說時間像小偷，半夜偷走你的青春。「何殊病少年，病起頭已白」，驀然攬鏡，竟然已經白髮蒼蒼，明明昨天還是少年。二十年宦海起

落，彷彿只是一場大病，除了衰老以外，一事無成。

我想，四十六歲，流落黃州、身心皆病[14]的蘇東坡，最大的焦慮就是：「萬一我這輩子就這樣了呢？」

同年七月他就寫了〈赤壁賦〉。赤壁賦大致上是說：他跟朋友搭船去玩，正在爽的時候，朋友的簫聲卻很悲傷；朋友說是因為想到連曹操都會死，何況我們兩個小廢物，就很傷心；蘇軾就跟他說這其實沒差，而且我們可以看風景喝酒。

我個人的觀點，這個擅長吹簫的強者他朋友，其實就是他自己[15]。因此，〈赤壁賦〉可以看成是豁達的「小天使蘇軾」與焦慮的「小惡魔蘇軾」在對話，最終小天使暫時打敗了小惡魔，獲得了內心的平靜。

我們先看「小惡魔」說了啥。

14　蘇東坡當時有眼病、皮膚病、痔瘡等，身體是滿虛的，非常直觀的感到自己衰老。

15　或認為是道士楊士昌，我個人是覺得他只是借用了楊士昌的形象，賦中的話還是他自己的心聲。

他說這裡就是曹操打赤壁之戰的地方[16]，當時他權勢滔天、才華橫溢，戰船連成千里長陣、在船頭手握長槍寫下千古名作〈短歌行〉，實在是當代的大梟雄，如今都已經消失了。

而我辛苦半生，一無所成，只能在這裡打醬油，等我死了，什麼也不會留下。生命就像是一隻蟲子，自生自滅，毫無意義。多希望真的能修煉成仙，永生不死。

這就是《寒食詩帖》「春去不容惜」的結局，想抓緊時間，但時間總是無法挽回，一路向著死亡狂奔。像是墮落汙泥的胭脂色海棠、像是忽然白頭將死的少年，「萬一我這輩子就這樣了呢？」

接下來是「小天使」的表演。

「客亦知夫水與月乎？逝者如斯，而未嘗往也；盈虛者如彼，而卒莫消長也」。水一直在流動，但長江卻沒變；月亮像教改，初一十五不一樣[17]，但月亮還是月亮，教改還是教改。

「蓋將自其變者而觀之，則天地曾不能以一瞬」從變動的觀點看，天地每秒都在變。

「自其不變者而觀之，則物與我皆無盡也，而又何羨乎？」。從不變的觀點看，萬物與我都是無窮無盡的。

終於到了這句看不懂的鬼話。

「自其變者觀之」很好理解。我們的細胞每秒都在代謝變換，如同忒修斯之船[18]，早就面目全非。

但我們明明就會死，「無盡」在哪呢？要怎麼「自其不變者觀之」呢？

學界主流有兩種解釋：佛家的「物不遷論」跟道家「萬物為一」。

16　其實不是，戰場在該地西南方兩百公里外，一般認為他明知道不是，但是將錯就錯。因為他提到的時候要不是藉「客」之口，就是說「人道是周郎赤壁」（〈念奴嬌〉），不肯用自己的名義說是古戰場，怕被人抓到把柄。

17　這陳水扁時代的梗了，不過我個人是覺得其實課綱大約十年一大改，說不上「朝令夕改」那麼嚴重，只是改動之際總是疏漏百出，令人焦慮。

18　希臘思想實驗，說把一艘船上的每塊木頭一塊一塊更換，這艘船還算是本來的那艘嗎？我黃星貿的細胞已經全部死掉、更新過好幾輪，沒有一寸是本來的我，我還是黃星貿嗎？

1. 佛家「物不遷論」

〈物不遷論〉是個非常神奇的理論，僧肇云：「夫人之所謂動者，以昔物不至今，故曰動而非靜；我之所謂靜者，亦以昔物不至今，故曰靜而非動。動而非靜，以其不來；靜而非動，以其不去。」

一般人所謂「動」，是因為過去的東西，沒有到現在，比如人死了現在不在了；但他所謂「靜」，也是因為過去的東西，沒有到現在，比如人死了，那他不就留在過去了嗎？完全沒動啊。所以一般人所謂「動而非靜」，是因為過去的事物沒有來到現在；他所謂「靜而非動」，是因為現在的事物，無法抵達將來。

也就是說，因為每個瞬間事物都是不同的，所以其實每個瞬間的事物都停留在當下，沒有改變。

2. 道家「萬物為一」

《老子》：「有物混成，先天地生。寂兮寥兮，獨立不改，周行而不殆，可以為天下母。吾不知其名，字之曰道。」

《莊子．齊物論》：「天地與我並生，萬物與我為一。」

《莊子．德充符》：「自其異者視之，肝膽楚越也；自其同者視之，萬物皆一也。」

道家的世界觀，天地萬物，都是「道」所生成、運作，是同一個整體，而這個整體當然是貫穿一切時空，無所不在。硬要區分彼此，肝、膽就像是楚、越一樣是不同國家；從整體來看，我與萬物也無所分別。

如果從這個世界觀來看，「物與我」當然就「皆無盡」了。於是不論是我、曹操、天仙、江水、明月，都是同一個東西、同屬於「道」，自然不用羨慕當中的任何一個。大家都是「道」，不用分那麼細。

我個人是覺得佛家「物不遷論」的意象，像是把人一幀一幀定格在當下，雖然是「不變」了，但好像不太能安慰到人。而道家「物我為一」放大格局、解散限制，更可能是蘇軾的理論基礎，甚至句法上也明顯是致（抄）敬（襲）〈德充符〉「自其異者視之，肝膽楚越也；自其同者視之，萬物皆一也」的用法。

大家傷心的時候也可以嘗試看看這兩個解（ㄕˋ）脫（ㄨㄛˋ）思路。比如失戀了，但我們甜蜜的過去一直凝固在過去，從沒變過；或者我們其實沒分開，從「道」的角度，我們一直是一體的，我不但跟ta沒分開，我跟新垣結衣、IU、李多慧、大谷翔平、李敏鎬、許光漢也都一直一直在一起喔！

然後最後面就說清風明月很讚，於是開心喝酒，應該不用多解釋了。

就這樣，小天使使出「南華真經[19]」，一招打敗了小惡魔，蘇東坡的大腦又恢復了和平。但明天，還有更多的戰鬥在等著小天使、小惡魔，以及蘇東坡。下集！〈後赤壁賦〉！一定要收看喔！

換人換黨做做看

後來神宗皇帝死了，新帝年幼，太后攝政，司馬光、蘇軾等舊黨全面復辟，開始追殺新黨人。蘇東坡批（陷）評（害）新黨人的說詞如：「蠹國害民、姦贓狼藉」、「傷敗風教、危害不淺」，其誇大與兇殘絲毫不下於當初他被陷害時的抹黑。

可能因為戰鬥力拔群，他很快升為高官，幾乎僅次於宰相[20]。雖然之前嘴賤被貶過，他的雞掰性格竟不減反增，「高才狎侮諸公卿」整天嘲諷所有同事。

他給宰相司馬光取綽號叫「司馬牛」，有一次兩人吵架，他說：「宰相你的政見是『鱉互踢』。」司馬光說：「鱉不可能互踢吧。」他說：「就是這個意思，根本不可能做到。」

司馬光死時宮中有慶典，蘇軾等人典禮後要去弔唁司馬光，帝師程頤說這不符合禮法，蘇軾當場嘲諷他「鏖糟陂里叔孫通（類似說『文山區

---

19 就是《莊子》，考試會考。

20 指中書舍人知制誥等職，宋代宰相制度非常複雜，這裡無法說明。

孫中山』）」[21]，管那麼寬，根本不鳥程頤，就帶著其他人去了司馬光家。這次爭執，算是種下了「洛（程）蜀（蘇）黨爭」的種子。

黨爭之時，他又對程頤等人下手，上書說「臣素疾程某之姦，未嘗假以辭色」，其實程頤不過是做人古板暴躁、愛管閒事，哪有什麼「姦」可言？

當然蘇東坡這種過於ㄐㄅ的人，在黨爭裡終究是贏不了的。他先是自請外放，後來太后死掉，新黨復辟，又把他一路貶到海南島了。到了再換新帝才重新起用，死於返程。

普通的詩人在普通的自憐、普通的政客在普通的鬥爭

前面寫得好像蘇東坡驕傲自大、自我麻醉、心黑手辣，彷彿是個一無是處的爛政客，其實我不是這個意思。

他的書法詩文還是很讚的，政治觀點也很有可取之處，至於政治鬥爭嘛都可以理解的。我只是不太喜歡跟其他人一樣，把他捧得境界超級高、又把他當成完美受害者這樣。

指出事情的反面，並不表示正面不存在。一般主流那些推崇蘇東坡的說法，大多數也是對的。

後記

與大多數國文老師不同，我一直沒有特別喜歡蘇東坡。我後來意識到，那可能是因為我們其實有點像。只是我讓自己驕傲的地方，他做得比我更好；而我讓自己痛苦的地方，他能克服而我克服不了。

我想我不喜歡的不是蘇東坡，而是我自己。

21　「鏖糟陂里」是京郊地名，叔孫通是漢代制禮者，算是禮學家的大祖宗。

赤壁賦

蘇軾

古人說

壬戌之秋，七月既望，蘇子與客泛舟遊於赤壁之下。清風徐來，水波不興。舉酒屬客，誦明月之詩，歌窈窕之章。少焉，月出於東山之上，徘徊於斗牛之間。白露橫江，水光接天。縱一葦之所如，凌萬頃之茫然。浩浩乎如馮虛御風，而不知其所止；飄飄乎如遺世獨立，羽化而登仙。

於是飲酒樂甚，扣舷而歌之。歌曰：「桂棹兮蘭槳，擊空明兮溯流光；渺渺兮予懷，望美人兮天一方。」客有吹洞簫者，倚歌而和之。其聲嗚嗚然，如怨如慕，如泣如訴；餘音嫋嫋，不絕如縷，舞幽壑之潛蛟，泣孤舟之嫠婦。

蘇子愀然，正襟危坐，而問客曰：「何為其然也？」客曰：「『月明星稀，烏鵲南飛』，此非曹孟德之詩乎？西望夏口，東望武昌，山川相繆，鬱乎蒼蒼，此非孟德之困于周郎者乎？方其破荊州，下江陵，順流而東也，舳艫千里，旌旗蔽空，釃酒臨江，橫槊賦詩，固一世之雄也，而今安在哉？況吾與子漁樵于江渚之上，侶魚蝦而友麋鹿，駕一葉之扁舟，舉匏樽以相屬。寄蜉蝣於天地，渺滄海之一粟，哀吾生之須臾，羨長江之無窮。挾飛仙以遨遊，抱明月而長終。知不可乎驟得，托遺響於悲風。

蘇子曰：「客亦知夫水與月乎？逝者如斯，而未嘗往也；盈虛者如彼，而卒莫消長也。蓋將自其變者而觀之，則天地曾不能以一瞬；自其不變者而觀之，則物與我皆無盡也，而又何羨乎？且夫天地之間，物各有主，苟非吾之所有，雖一毫而莫取，惟江上之清風，與山間之明月，耳得之而為聲，目遇之而成色；取之無禁，用之不竭。是造物者之無盡藏也，而吾與子之所共適。」

客喜而笑，洗盞更酌。肴核既盡，杯盤狼藉。相與枕藉乎舟中，不知東方之既白。

翻譯蒟蒻

元豐五年秋，七月十六日，蘇子跟客人乘船在赤壁之下遊覽。清風徐來，水波不興。蘇子舉杯勸酒，朗誦明月之詩，高唱窈窕之章（均指《詩經．月出》）。不久，月亮從東山上出現，在南斗星和牽牛星之間徘徊。白霧橫跨江面，水光與天相連。任由一條小舟向前漂去，凌越萬頃茫然大江。無邊無際像是在空中御風遨遊，不知道會停在哪；飄飄然像是遠離人世獨自存在，將要蛻變成仙。

於是快樂地喝酒，敲船舷而高歌。唱道：「桂木的槳啊蘭木的槳，打散水中月影啊在流散的月光中逆流；迷迷茫茫啊我的心懷，盼望我的美人啊她在天空的另一邊。」客人中有人在吹洞簫，隨著歌聲伴奏。那聲音嗚嗚然，像哀怨又像愛慕，像哭泣又像訴說；餘音悠長，像絲縷一樣連綿不斷，像是要讓藏在幽谷的龍起舞，要讓孤舟中的寡婦哭泣。

蘇子心揪了一下，正襟危坐，問客人說：「為什麼簫聲那麼悲傷呢？」客人說：「『月明星稀，烏鵲南飛』，這不是曹操的詩嗎？向西能看到夏口，往東能看到武昌，山川交錯，一片茂盛蒼翠，這裡不就是曹操被周瑜困住的地方嗎？當他攻破荊州，奪下江陵，順流往東時，戰船千里相連，旌旗遮蔽天空，臨江喝酒，拿著長矛賦詩，真是一個時代的大梟雄，但今天他在哪裡呢？何況我跟你只能在江上打魚砍柴，只有魚蝦麋鹿陪伴，駕駛一條小船，舉杯互相勸酒，像只能活一天的小蟲寄生在天地中，像大海中的一粒米那麼渺小，我為我生命的短暫而悲哀，我羨慕長江永遠無窮。想跟著飛仙去遨遊，想抱著明月長生不死。但我知道這不可能實現，只好把洞簫的餘音寄託在悲傷的風中。」

蘇子說：「客人你知道江水和明月嗎？江水不斷流逝，但江水一直都在；明月時圓時缺，但終究沒有改變。如果從改變的角度看，天地簡直沒有一瞬間不變化；如果從不變的角度看，則萬物與我都是無窮無盡的。所以何必羨慕呢？而且天地之間，萬物都有其主，如果不是我的東西，一點點也不能去拿，只有江上的清風，與山間的明月，耳朵聽見就是聲音，眼睛看到就成顏色；取用沒有任何限制，用也用不完。這是造物者無盡的寶藏，讓我跟你能共同享用。」

客人高興地笑了，洗杯子再喝。菜餚瓜果都吃完了，杯盤交錯混亂。他們躺在彼此身上，不知道東方已經泛起了日出的白光。

明清篇

◆ 少女殺手（物理）歸有光

——〈項脊軒志〉及其他衰事

◆ 我這麼可愛為什麼還要上班辣！！

——社畜網紅袁宏道與他的〈晚遊六橋待月記〉

◆ 思想膚淺的蒲松齡《聊齋誌異》

——〈勞山道士〉與其他瑟瑟的故事！

少女殺手（物理）歸有光——〈項脊軒志〉及其他哀事

古文及翻譯菿蒻詳見P244

歸有光真的是很慘，我身為搞笑作家寫到都有點於心不忍。基本上他所愛的女性角色都會早死，戰績計有：媽媽一位、老婆兩位、女僕一位、女兒三位（此處Penta kill音效）。

如果不好笑的話不能怪我，只能怪他真的有夠霹靂雖小。

智慧過於常人的衰小學生

話說歸有光出生時非常浮誇，他家庭院忽然有彩虹沖天而起，虹光連天，所以取名叫有光。另外還有什麼他家的花花瓣突變翻倍、他阿祖夢到說要蓋新房子之類的神奇徵兆。

出生之後，有光果然又帥又聰明[1]，小學[2]四年級就寫出上千字的論說文〈乞醯論〉，雖然邏輯跟屎一樣，但結構不錯、氣勢也算滿夠的。

該文要論證《論語》裡的一個故事：「某甲向微生高借醋，他家也沒有，就跑去跟別人借來借給某甲。孔子認為這是『不直』的表現。」關於該故事，一般的解釋是，微生高沒有就應該說沒有，跑去慷他人之慨，算不上誠實正直。

1　〈明太僕寺寺丞歸公墓誌銘〉：「眉目秀朗，明悟絕人。」；〈歸太僕贊〉：「生而美風儀。」

2　歸有光剛好在實歲六歲上「小學」（當地私塾，也稱小學），當時是第四年。

小歸有光一開始就搞錯重點，說是微生高藉由借醋博取「直」的名聲，並展開大量像是「『直』是不能博取的[3]」、「如果人家借一千匹馬你也借嗎？」、「你這樣扭曲『直』的意思會導致社會崩潰」、「要不是孔子罵你，你會變千古罪人」等等不知所云的批評。罵得非常沒道理，但非常兇，超級好笑。[4]

但小四而已，你要他寫什麼？小四而已！回頭想想，我小四在寫什麼？噢，是超沒意義瘋狂濫用修辭、成語、名言佳句的考試作文，而且連四百字都常常湊不到。

遺憾的是，歸媽媽卻沒能見證歸有光的天才，在他小二時就過世了。

歸媽媽是個虎媽，比誰都在乎他的功課。她半夜醒來尿尿的時候，會順便把歸有光挖起來，叫他背課文，一定要一字不漏她才開心。想想六歲的小歸有光，睜著朦朧的睡眼，帶著起床氣一字一句的背課文，眼角不知道是眼淚還是眼屎，簡直喪心病狂。小一而已你要他背什麼？小一而已！

外面下雨的時候，家裡的堂哥就可以睡懶覺不去上學，他就會被媽媽逼著出門。半夜被吵醒根本沒睡飽的小歸有光，看看睡大覺的堂哥，再看看門外的淒風苦雨，眼角不知道是淚水還是雨水，獨自踏上了上學的路，寒風吹進衣服裡，好冷。這都是他媽逼的。

更慘的是，歸媽媽在他七歲時過世了，死因十分奇葩。她抱怨小孩生太多很累，她的婢女獻上偏方：「生吞兩顆螺，一定要配溫開水，十五分鐘，懷孕out，再也不會生了。」她還真的咕嘟一口，配水吞螺，然後她就死掉了（此處羅瑩雪音效）。到底是螺不乾淨有毒，還是被螺殼割破喉嚨，還是單純噎死，就不知道了。好啦，婢女也沒說錯

3　所以彎的人就讓他彎著吧，挺好的。

4　參考我的老師黃明理的精彩論文〈論〈乞醯論〉——十歲歸有光的論文及其入集的意義〉，老師在結語中說他「絕非為了揶揄那十歲孩童」，我深表懷疑。

啦，她確實是沒再生小孩了，真是大智慧。

母親過世的那天，七歲的小歸有光在床邊看到大家在哭，也跟著哭，但並不知道死亡是什麼，以為母親只是睡著了。然而，這只是他失去的第一個愛他的人。比兒時的風雨更刺骨的命運在等待著他。[5]

已知「項脊軒」長寬各一丈，求歸有光童年陰影面積

歸有光是戀家的。他年幼喪母，對母親記憶模糊，因而想把歸屬感寄託在自己的家族，不想再遺忘家裡的任何人[6]。他家在當地算是大姓，號稱「縣官印，不如歸家信」，到現在上海、蘇州一帶，還能看到歸家村、歸家橋、歸家美食餐廳之類的。

然而他越了解家族現況，就越心寒。他家祖訓是要團結，不能分家：「累世未嘗分異……求析生者，以為不孝，不可以列於歸氏。」但家族裡大家都只顧自己老婆孩子，連婚喪喜慶都不互相走動，甚至常常相互欺騙占便宜。其實就是你家也有的那種爛親戚，說到家族活動、照顧老人，一分錢一分力都不出，但分遺

產搶第一。歸有光氣得說他們：「將入於禽獸之歸。」

所以課文〈項脊軒志〉所說的第一件可悲之事，就是長輩分家，你一塊、我一塊，把房屋格局分割得七零八落。客人來了，不能走正道而要穿過油煙四散的廚房；本來談正事的大廳被拿去養雞，滿地雞大便。青春期敏感脆弱的歸有光，眼睜睜看著本來和諧的大家庭，為了一點點蠅頭小利爭吵不休、爾虞我詐，終於四分五裂。

這分的不是房子，是歸有光破碎的安全感。歸有光只能盡量把自己又小又破的「項脊軒」弄得溫馨一點，然後「竟日默默在此」安靜讀書。幻想著，自己有一天會像諸葛亮一樣一飛衝天，蹲得越低、跳得越高[7]。偶爾回想起，記憶中那些僅有的溫暖，母親的慈愛、阿罵溫柔的嘲笑（整天宅在家像個娘砲[8]），都已

5 媽媽事均見〈先妣事略〉。

6 〈家譜記〉：「有光七八歲時，見長老，輒牽衣問先世故事。蓋緣幼年失母，居常不自釋，於死者恐不得知，於生者恐不得事，實創巨而痛深也。」

7 但Youtuber懶貓曰：「蹲得越低，腳越麻。」

8 這是顯而易見的性別歧視與性騷擾，絕不可取，望周知。

經恍若隔世，因而痛哭失聲。

這是歸有光在項脊軒的，孤獨的十八歲。

愛我你會死，青春不值錢[9]

二十二歲那年，項脊軒終於不再冷清，他結婚了。妻子魏小姐，她家族的土地有整個大安區那麼大[10]，爸爸伯伯都在當官，妥妥一個富家千金。但人家身為公主卻沒有公主病，嫁給歸有光，吃穿住都變差了、還要管理奴僕、還要親自做家事、還要侍奉公婆，生活品質可說是雪崩式下滑，卻從沒有一句抱怨[11]。

整天還是笑咪咪的，在項脊軒裡陪他讀書，問他古書上的問題，可以想像一定有「哇！老公好厲害好聰明喔！」這種男人最愛的橋段。當歸有光半夜看著自己的女兒，忽然又想起喪母之痛，她會溫柔的陪著他哭，第一萬次聽他翻來覆去的說那些童年記憶。歸有光現在，終於不用再一個人偷哭了。

〈寒花葬志〉的紀錄最為生動：「婢初媵時，年十歲，垂雙鬟，曳深綠布裳。一日，天寒，爇火煮荸薺熟，婢削之盈甌；余入自外，取食之；婢持去，不與。魏孺人笑之。孺人每令婢倚几旁飯，即飯，目眶冉冉動。孺人又指予以為笑。」

魏小姐嫁過來時，帶了一個十歲蘿莉[12]女僕叫「寒花」。有天蘿莉在幫忙備料煮飯，歸有光正好回到家，就想偷吃備料，蘿莉趕快拿走不讓他偷吃，老婆就在旁邊笑。寒花吃飯的時候會呆呆地東張西望，老婆就趕快叫他看蘿莉的憨樣，兩個人一起笑。

「你在鬧、我在笑」，這實在是一幅最理想的夫妻生活速寫了。

更重要的是，她始終堅定的相信，丈夫終將完成他的夢想。歸有光何嘗不覺得虧欠了魏家千金，但她說：「吾日觀君，殆非今世人，丈夫當自立，何憂目前貧困乎？」我每天看著你，最知道你將來成就不只如此，所以你何必擔心現在貧

9　董事長樂團〈愛我你會死〉。

10　〈外舅光祿寺典簿魏公墓誌銘〉：「仲文翁已有田數百頃。」

11　聲明一下，我個人是不提倡現代女生婚後為了對方，過度犧牲自己。當然，男生也一樣。

12　流行語，指小女孩。我怕有老人看不懂標一下。然後十歲是指虛歲。

困呢？

這樣的愛與信任，對於長年考試、未來渾沌不明的歸有光來說，無疑是最強大最溫暖的心理支持。

然而，她永遠也看不到歸有光成功的那一天了。

結婚的第六年，魏小姐就病逝了，留下了四歲的女兒和剛出生的兒子。

「其後六年，吾妻死，室壞不修。」你走了，我們的小書房壞了，我的心裡也有一塊壞了。

「庭有枇杷樹，吾妻死之年所手植也，今已亭亭如蓋矣。」思念就像這枇杷樹，一年一年越長越大，好像要遮天蔽日一樣。

二十四年之後，歸有光還夢見了她。夢中歸有光知道了她的住處，跑去找她，她也正好找來，兩人相見，不勝歡喜，約好跟以前一樣做夫妻（我不確定這裡做夫妻有沒有色情的意思……），卻忽然聽到鼓聲，就醒了[13]。

這是歸有光第一次夢見她。據說如果哭著幫死者穿殮衣，對方就不會入夢，大概是不忍心再看到生者哭泣吧。

愛我你會死，青春不值錢（續）

感覺很純愛的故事對吧，是不是覺得歸有光就這樣獨自守著對妻子的思念一直到老了呢？

事實遠非如此，在魏小姐過世的那個月，屍骨未寒之時，歸有光就立刻跟「寒花」上床了[14]。是的你沒看錯，就是可愛的蘿莉女僕寒花，實歲十四歲[15]。

前面提到的〈寒花葬志〉，高中生應該常常在考卷上看到，但其中一段話被

---

13 〈己未會試雜記〉：「夢魏孺人別居一所，予往見之，孺人亦來就余所，尋復去。相見時甚歡以為世間未有之事，約與相迎為夫婦如故，孺人意亦允諧，方躊躇間，岸上鼓鼕鼕，夢覺矣……俗以為淚著殮時衣，不夢也，今始一夢，慘然甚慼。」我覺ㄉ「方躊躇間」感覺就是正準備要做的時候被鼓聲打斷……

14 這邊是按照他們第一個女兒出生的月分推算的，到底死後哪一天，甚至在魏小姐臨死前幾天，就不知道了。畢竟歸有光不像胡適，會在日記上記錄自己的做愛（敦倫）日期。

15 雖然這看起來彷彿禽獸不如，但這在當時是正常的。不論是跟老婆的婢女上床，還是跟十四歲女孩上床。

刪掉了[16]：「生女如蘭，如蘭死，又生一女，亦死……」歸有光跟寒花生了兩個女兒，並雙雙夭折，幾年後寒花也死掉了。

魏小姐死後兩年，歸有光又再娶了王小姐。

王小姐家道中落、幼年喪父，與歸有光可說同是天涯淪落人。更難得的是，王小姐也是個假掰文青，喜歡掉書袋，兩人正是棋逢敵手，從詩詞歌賦談到人生哲學。歸有光大概覺得「終於有人能接我的梗」。

王小姐想要歸有光買下王家變賣的祖產，引用詩經說「黍離之悲[17]」；歸

在考卷上看到《寒花葬志》

不知道的人　知道的人

有光沒考上，問她是否遺憾，她說想陪他「採藥鹿門[18]」隱居。

她為他生下兩子一女，又一起經歷了考上舉人的歡喜、經營學堂的忙碌、準備趕考資金的窘迫、屢次落榜的失落，歸有光已經把她視為靈魂伴侶。

但少女殺手歸有光豈是浪得虛名？王小姐又又又死掉了。

歸有光悲痛的說：「曠然宇宙，得遇斯人，一旦失之，胡能不悲！吾與吾妻，非獨伉儷之情，別有世外之交。此情此痛，不能向人道也。」[19]

於是他請人給她畫一張像，家人都說很像。他卻還是覺得，真人美多了[20]。

隔年他又娶了費小姐，這次終於沒有死掉，和他一起慢慢變老了。不過她的

---

16 這倒不是國文老師刻意和諧掉的，是歸有光自己的子孫在編輯的時候刪除的，所以主流的文集版本沒有收錄這段話。

17 周王室衰敗，宗廟已經長了作物，因悲之。此指王家祖產「世美堂」若變賣他人，有王家產業零落荒廢之悲。

18 漢代龐公與妻隱居鹿門。

19 《明歸震川有光先生年譜》（嘉靖三十年條）。

20 他跟人家形容的時候，引用一些詩詞，類似是說「溫暖得像太陽、純潔得像冰霜、柔軟得像春天的嫩芽」，然後抱怨人家沒有把這些畫進去。我真的問號，你來畫啊！AI都聽不懂你在工三小（〈王氏畫贊〉）。

紀錄很少，歸有光沒有那麼喜歡她。

歸有光深愛身邊的女性，留下大量文字描繪她們，這在文人中其實很罕見。但這些文字，又往往是失去她們之後才寫得出來。

歸有光的感情，是不斷獲得，又不斷失去的悲欣交集的旅程。

人生就像書包，可揹[21]

說一下跟感情一樣悲情的事業。

寫〈項脊軒志〉的隔年，歸有光就以蘇州府第一名考上秀才，時年十九歲。算是不負他天才的盛名，也略可告慰阿罵的期待，「讓歸家再次偉大」的夢想[22]似乎近在眼前。

但之後他考了六次，十五年，才考上舉人。這時他三十四歲，已經不算快的了。

然後又是地獄般的八次落榜，二十五年，第九次才終於考上進士。這時候他已經五十九歲，早已完全失去了被重用的希望，只是想爭取一種尊嚴罷了。

我們很難真正理解當時文人考試的痛苦，想像一下自己每三年都要考一次學測，每次都落榜。考試前緊張焦慮，日夜繃緊神經努力複習；考試後失落、自我懷疑，感覺自己就是一坨屎、是路邊沒人要的垃圾。兩種狀態周而復始，每三年都要永劫回歸，整個人生都完全消耗在這種痛苦的循環之中。

如果歸有光沒有才華、沒有名氣，也許他還能及時止損，早點停手。可是歸有光自幼身負天才，文名遠播，去京城考試常常能遇到自己的讀者說：「歸老師，我從小看您的書學寫作文的。」[23]連主考官沒錄取他，都自責自己瞎了狗眼沒認出他的考卷[24]。甚至自己的學生都考上了好幾個，自己就是死都考不上。這叫歸有光如何甘心放棄？再一次、再一次、也許就是這次了呢？這是天才的祝

21 Credit to 何廢料。

22 〈項脊軒志〉：「〈阿罵說〉吾家讀書久不效，兒之成，則可待乎！」；〈家譜記〉：「有光學聖人之道……將求所以合族者。」

23 〈己未會試雜記〉：「問知予姓名，皆悚然環揖言：『吾等少誦公文，以為異世人，不意今日得見！』」

24 《明歸震川有光先生年譜》:「吾為國得士三百人不為喜，而以失一士為恨。」（嘉靖二十九年條）

福，也是天才的詛咒。

考上了，歸有光的痛苦卻還沒有結束。

他被分發到一個偏荒涼的縣當縣長，他對自己的政績還是滿自豪的，他剿滅盜匪、平反冤獄、減輕稅負，我真是個愛民如子的好官。

但第二年他居然，被貶官了[25]。他是明朝第一個當縣長當到被貶官的人，也算是名留青史了。三個字，超級可悲。

他自己覺得是被小人誣陷[26]，忿忿不平，但其實應該是因為他老人家真的在亂搞。上面要追查欠稅，他擱置不理；上面要徵召士兵，他擱置不理；然後他自己發明徵稅辦法，把稅負轉嫁到有錢人身上。他老人家完全沒有在鳥朝廷叫他幹嘛，滿臉都寫著「I don't give a f*ck」。

我知道他都是為了百姓好，但這真的很蠢。你好歹寫封信上去，隨便找個理由說什麼窒礙難行啦、我盡力了但真的收不到稅之類的，也比你公然抗命、明目張膽地瀆職要好吧。有光，你已經六十歲了，要知道世界不是圍著你轉的欸！

於是他被調去管馬。明代的馬，是要求百姓幫朝廷養，並定期檢查。但到這時已經瀕臨崩潰，馬往往養不出來、養不好，百姓只能繳罰款，或另外買馬充數，甚至逃跑流亡。這時我大歸有光又看不下去了，他下令他的管區裡，所有不合格的馬一律當作合格。嗯，有光你真棒！[27]

25 職級上算明升暗降。

26 確實有人誣告他收賄，但這個案子並沒有成立。

27 為官事跡均見《明歸震川有光先生年譜》。

幸運的是，後來上級好像終於意識到，他實在不適合在基層當官，但很適合寫東西。所以他被調回中央，負責編寫歷史。這下歸有光終於如魚得水了，也升官、一雪前恥了，終於要走向人生巔峰！

結果，他隔年就死掉了。

歸有光一生都在為當官而努力，吃盡多少痛苦，冷暖交錯、渾身傷疲。但老天卻只給他不到一年的時間，在朝堂上發揮所長。真是倒楣他媽給倒楣開門，倒楣到家了。

人生好難

不知道要說啥，就人生真的好難。努力有風險，談戀愛有賺有賠，但上帝從來不給我們公開說明書。

心残りが　あるとしたなら
言えなかった　「さよなら」でしょうか

後悔ばかり　降り止まないのは
いつか来る終わりから　逃げたからでしょうか
あなたが庭に植えた
大きなガジュマルが
枝を垂らして　泣いているよ[28]

28　ReoNa〈ガジュマル～Heaven in the Rain～〉：「若要說有什麼遺憾／或許是那句沒能說出口的『再見』／懊悔一直不停落下／或許是因為我在逃避總有天會到來的結局／你種植在庭院裡的／那一棵大榕樹／也垂著枝頭細細哭泣」。

項脊軒志

歸有光

古人說

項脊軒，舊南閤子也。室僅方丈，可容一人居。百年老屋，塵泥滲漉，雨澤下注，每移案，顧視無可置者。又北向，不能得日；日過午已昏。余稍為修葺，使不上漏。前闢四窗，垣牆周庭，以當南日。日影反照，室始洞然。又雜植蘭、桂、竹、木於庭，舊時欄楯，亦遂增勝。借書滿架，偃仰嘯歌，冥然兀坐，萬籟有聲。而庭階寂寂，小鳥時來啄食，人至不去。三五之夜，明月半牆，桂影斑駁，風移影動，珊珊可愛。

然余居於此，多可喜，亦多可悲。先是，庭中通南北為一。迨諸父異爨，內外多置小門牆，往往而是。東犬西吠，客踰庖而宴，雞棲於廳。庭中始為籬，已為牆，凡再變矣。家有老嫗，嘗居於此。嫗，先大母婢也，乳二世，先妣撫之甚厚。室西連於中閨，先妣嘗一至。嫗每謂余曰：「某所，而母立於茲。」嫗又曰：「汝姊在吾懷，呱呱而泣；娘以指扣門扉曰：『兒寒乎？欲食乎？』吾從板外相為應答。」語未畢，余泣，嫗亦泣。余自束髮讀書軒中，一日，大母過余曰：「吾兒，久不見若影，何竟日默默在此，大類女郎也？」比去，以手闔門，自語曰：「吾家讀書久不效，兒之成，則可待乎！」頃之，持一象笏至，曰：「此吾祖太常公宣德間執此以朝，他日汝當用之。」瞻顧遺跡，如在昨日，令人長號不自禁。

軒東故嘗為廚，人往，從軒前過。余扃牖而居，久之，能以足音辨人。軒凡四遭火，得不焚，殆有神護者。

項脊生曰：「蜀清守丹穴，利甲天下，其後秦皇帝築女懷清臺。劉玄德與曹操爭天下，諸葛孔明起隴中。方二人之昧昧于一隅也，世何足以知之？余區區處敗屋中，方揚眉瞬目，謂有奇景。人知之者，其謂與埳井之蛙何異！」

余既為此志，後五年，吾妻來歸，時至軒中，從余問古事，或憑几學書。吾妻歸寧，述諸小妹語曰：「聞姊家有閣子，且何謂閣子也？」其後六年，吾妻死，室壞不修。其後二年，余久臥病無聊，乃使人復葺南閣子，其制稍異於前。然自後余多在外，不常居。

庭有枇杷樹，吾妻死之年所手植也；今已亭亭如蓋矣。

翻譯蒟蒻

項脊軒，是舊的南邊小房。房間只有長寬各一丈，只能容下一人居住。因為是百年老屋，塵土泥沙會滲下來，雨水會往下灌進來，每次都要移動桌子躲雨，四面環顧都快沒地方放桌子了。房間又朝北，太陽照不到，中午之後就會變昏暗。我稍做修葺，使上面不漏水。前（北）面開四個窗，蓋牆環繞庭院（在房屋北面），以承接南邊的陽光，日光反射，屋裡才敞亮起來。又隨意種植蘭、桂、竹、木在庭院，陳舊的欄杆，也因此增添風采。借來的書堆滿書架，我有時上下晃頭唱歌，有時安靜獨坐，可以聽見萬物所有細微聲音。而庭院台階寂寥，小鳥時常來啄食，有人來了也不飛走。十五日滿月的夜晚，明月照亮半面圍牆，桂樹影子斑駁，風吹來影子就會搖晃，十分可愛。

但我居住在此，雖有很多可喜，也有很多可悲。以前，庭院南北暢通為一體，等伯伯叔叔分家了，庭院內外都設置了很多小門牆，到處都是。東邊養的狗對西邊親戚吠叫，客人要穿過廚房才能赴宴，雞竟然直接養在大廳。庭院中剛開始只蓋竹籬笆，不久變成土牆，已經改建了兩次。家裡有個老太太，曾經住在這裡。這位老太太，是已故祖母的婢女，哺育了我跟父親兩代人，先母對他很好。房間西邊連接中間閨房，先母曾經來過。老太太常跟我說：「這裡，你媽媽當時就站在這裡。」

老太太又說：「當時你姊姊在我懷中，呱呱地哭；你媽用手指敲門說：『小孩冷嗎？想吃東西嗎？』我就從門板外回答她。」話沒說完，我哭了，老太太也哭了。

我從十五歲就在這房間讀書，一天，奶奶經過我這裡說：「我的孩子，很久沒看到你，怎麼整天默默坐在這，好像女孩子一樣？」不久，奶奶拿一個象牙笏板（上朝用的小抄），說：「這是我爺爺太常公宣德年間拿去上朝用的，改天你應該能用到。」看這些往日痕跡，都像是在昨天發生的一樣，令人長聲哀號無法控制。

房間東邊以前曾是廚房，有人要去廚房，會從房前走過。我關窗住在裡面，住久了，都能夠聽腳步聲判斷是誰。房間一共四次遭遇火災，沒有焚毀，恐怕是有神明在保護吧。

項脊生（指作者自己）說：「蜀地寡婦清守住丹砂礦穴，獲利天下第一，之後秦始皇為她蓋了女懷清台紀念。劉備跟曹操爭奪天下時，諸葛孔明從田野間崛起。當這兩人在角落默默無名，世人哪裡知道他們呢？我現在卑微地處在破敗的屋中，卻正挑眉眨眼，覺得這裡有奇景。如果有人知道了，大概會說我跟井底之蛙有何區別！（這句是謙詞，他當時覺得自己老厲害了。）」

我寫了這篇記後，到第五年，我妻子嫁過來，時常到房中，跟我問古代的事，或是靠著小桌學寫字。我妻子回娘家，回來後轉述她妹妹們的話說：「聽說姊姊家裡有閣子，什麼叫閣子啊？」過了六年，我妻子死了，房間也壞了沒修理。又過了兩年，我長久臥病無聊，就叫人修葺這間南閣子，格局稍微跟之前不同。但之後我多半在外，不常住在這了。

庭院中有棵枇杷樹，是我妻子死的那年親手種的，現在已經很高大像是撐開的傘蓋一樣了。

我這麼可愛為什麼還要上班辣!!——社畜網紅袁宏道與他的〈晚遊六橋待月記〉

古文及翻譯蒟蒻詳見P262

袁宏道應該是個跟現代人特別有共鳴的作者，他身上有兩大標籤：社畜、網紅，都是我們最熟悉的生活。

他當社畜的時候整天抱怨工作，每天變著花樣抱怨，怪天怪地怪上司怪客戶；離職之後遊山玩水，到任何地點一定要打卡記錄、出旅遊攻略，甚至跟基友組CP，妥妥的網紅作風。

但在這些之外，他還有另一重暗黑的身分。欲知詳情，且看末段分解……

社畜：上班滿一年了，什麼時候可以退休？

袁宏道剛上任的時候，作為一顆二十七歲的新鮮肝臟，還是很有熱情的。甚至有點得意他在觀光重鎮蘇州的新工作：「吳中得若令也，五湖有長，洞庭有君，酒有主人，茶有知己，生公說法石有長老[1]。」說是吳縣有他當縣長，就像好酒找到了主人、好茶找到了知己，真是優質浪漫na。

剛開始他還真的幹得不錯，整治貪腐、降低稅負，百姓跟長官都很開心，宰相[2]甚至浮誇地驚嘆：「兩百年來沒看過這麼讚的五星縣長！」

百姓跟長官開心，但他本人卻極其不開心。他當時寫給朋友的信，每一封都在翻來覆去地瘋狂抱怨工作。像極了你某個倒數離職的朋友，以下節錄一些：

「我當縣長有夠可悲，遇到長官像奴隸、接待客人像妓女、處理錢糧像倉庫阿伯、溝通民眾像碎嘴媒婆。我好痛苦，這是有毒職場。」[3]

「兩百公分的身體操到快死、一米半的腰圍操到快斷，每天照鏡子都覺得自己有夠醜。」[4]

「蘇州很好玩，但縣長很痛苦。遊艇、歌舞、山水，都是有錢人、死觀光客在玩。縣長整天只看到穿著破爛的基層公務員、講話超賤的死老百姓、身上長滿跳蚤的罪犯。」[5]

「『無官一身輕』這句話好有道理，我吃縣長這口飯，像是身穿一千件鐵甲，我真的不知道我到底在幹嘛。佛家說『不脫離煩惱才能證悟解脫』，屁咧，

1　用「生公說法，頑石點頭」典故，說是生公和尚演講能讓石頭感悟，袁自比為生公。

2　指首輔申時行，明朝後來是沒宰相的，但我懶得解釋其中的差別ㄌ，麻煩自己google、自主學習、自發互動共好、自生自滅、自作自受、自攻自受、自取其辱、自取滅亡、不強自強不息（習總書記語）。

3　袁宏道〈與丘長孺書〉：「弟作令備極醜態，不可名狀。大約遇上官則奴，候過客則妓，治錢穀則倉老人，諭百姓則保山婆……苦哉！毒哉！」

4　袁宏道〈與沈博士書〉：「七尺之軀，疲於奔命；十圍之腰，綿於弱柳。每照鬚眉，輒爾自嫌。」（這都誇飾啦）

5　袁宏道〈與蘭澤雲澤書〉：「金閶自繁華，令自苦耳。何也？畫船、簫鼓、歌童、舞女，此自豪客之事，非令事也；奇花、異草、危石、孤岑，此自幽人之觀，非令觀也……令所對者，鶉衣百結之糧長、簧口利舌之刁民及蟣虱滿身之囚徒耳。」

我怎麼解脫？」[6]

「人生當官很苦，當縣長更苦，當吳縣縣長又比別人苦一億倍，還不如當畜生。」[7]

後來他又跟當地特權仔起了點衝突[8]，搞得非常無奈，越發不想上班，終於丟了辭呈。上面不答應，他就連續狂寫七封辭呈，語氣越來越激烈。

一開始是說我阿嬤生病要回去照顧：「祖母詹所倚靠者惟職，職一日不回則一日不樂，一日不樂則病一日不痊。」

後來說自己也生病吃不下飯：「鬱火焚心，漸至傷脾，藥石強投，飲食頓減。」

吳縣縣長的一天

再來說自己也快死掉了：「寒熱大作、鼻血流不止，小愈之人至此又奄奄一榻矣。」

最後指控長官不讓他離職是種謀殺：「是重職之鬱，死無日矣。」、「是活埋我也，死無日矣。」

然後離職之後他跟他阿嬤都奇蹟似地痊癒[9]，也不用探親、也不用養病，沒多久就揪人跑去西湖玩[10]，課文〈晚遊六橋待月記〉也就是在這個時候寫的。

6　袁宏道〈與龔惟長先生書〉：「『無官一身輕』斯語誠然，甥自領吳令米，如披千重鐵甲，不知縣官之束縛人何以如此。『不離煩惱而證解脫』此乃古先生誑語。」

7　袁宏道〈與沈廣乘書〉：「人生作吏甚苦，而作令為尤苦，若作吳令則其苦萬萬倍，直牛馬不若矣。」

8　一些土地糾紛，材料不多，見於他寫給袁無涯的書信。

9　袁宏道可說是迫害阿嬤的先驅，閱卷老師不要再怪學生寫死阿嬤了，這乃是我們國文課的偉大傳統。

10　這邊偷表揚一句，袁宏道應該是很清廉的，出去玩的錢竟然要去借。要知道，明朝官員薪資太低，貪汙非常普遍。而吳縣富裕，理論上是很可以撈到錢的地方，但他似乎並沒有這麼做。

網紅：#曬機票#假掰文青#CP

袁宏道若在今天，應該是個不折不扣的網紅。同時期的文人通常一輩子出個一兩本書作為代表作，甚至死後才出，但他卻是年年推出新書，有意識地擴大自己的知名度與影響力。創作內容很廣很潮，上到當時最流行的佛學理論、下到插花指南、喝酒指南[11]。

他最著名的是遊記，是有錢人旅遊指南、窮人的精神鴉片。要知道網紅最重視特色，否則如何在資訊洪流裡脫穎而出？所以寫的時候要創造一種遺世獨立的優越感，網紅景點不夠文青，私房祕境才彰顯高貴行情。即使是西湖這種被寫爛的景點，也要玩出不同的花樣、寫出不同的假掰。

於是他在西湖沉浸式旅遊整整一個月，發了十六篇的系列貼文，可說是全網最內行的西湖達人。十六篇中，有的盤點哪座山哪間廟最好看、有的寫景點小故事、有的記錄跟朋友一起發瘋的情狀，總之顯然是意圖使人買機票。

〈晚遊〉是系列的第二篇，一開頭就告訴懶得做功課的「一日西湖迷」最想知道的訊息：「西湖最美的是春天[12]、月夜、黎明、傍晚。」

然後他特別推薦要看桃花，但他不像一般旅遊書直接寫桃花多美多美，他只說我的好基友叫我去看春天開梅花的神奇畫面，而且還是四百年的超老梅樹，但「時為桃花所戀」，我被桃花勾引得挪不動腳。

他推薦來玩的時間，要在黎明、傍晚、晚上。為了凸顯自己品味優越，他說當地人都不知道要這時候來，只會在下午人擠人，我比在地人還更在地。最後再故作神祕：「這是我私房景點、私房境界，不能跟俗人說」。

但是大哥，你都出版了，全世界的俗人都知道了，而且拜中華民國教育部之賜，連文盲一樣的高中生也都知道了。

另外還有一篇比較荒謬的叫〈雨後遊六橋記〉，跟大家分享一下：

有一天下大雨放晴，他就說：「完蛋，桃花被雨打落了，要去跟祂們道別。」就一群人到橋上，忽然一群白衣8+9騎馬呼嘯而過，他就覺得哇白衣服

---

11 《瓶史》、《觴政》。

12 這裡有個小槽點，袁宏道其他季節都沒去過，怎麼知道春天最好看啊？

超帥，一群人都露出白色的吊嘎，覺得自己很帥。累了就躺在地上喝酒（欸下過雨很髒啦），用臉接落花，接得多的喝酒，接得少的要唱歌，好爽（我有點難想像這個畫面。所以你們是一群穿白衣服的醉鬼，在下過雨的地上，仰著臉爬來爬去？這是什麼《咒怨》的漏網鏡頭嗎？）。後來跟划船路過的和尚拿幾杯茶喝，一群人就唱著歌回家了。

真的是意義不明，但顯然很快樂的行程。

袁宏道一個月中雖然找了很多朋友，但只有一位始終陪在他身邊，那就是課文提到的陶望齡（aka石簣）。他跟

袁宏道遊西湖示意圖

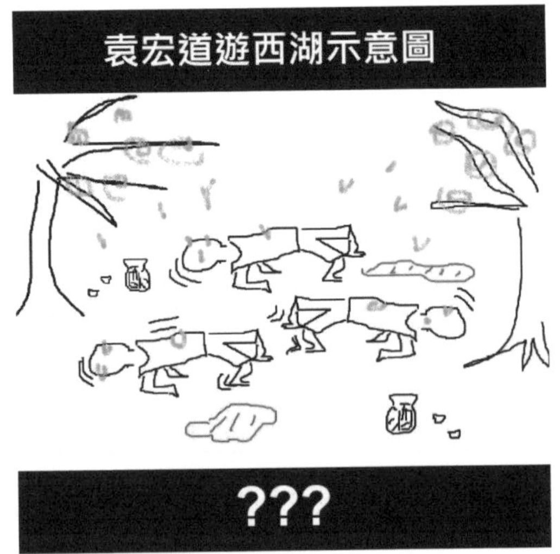

???

袁可說是國文課本的隱藏CP，主線輕描淡寫，番外甜到蛀牙的那種。

結束一個月的西湖行之後，他們又在蘇杭一帶到處晃了兩個月，一起遊山玩水、一起吟詩作對、一起像猴子一樣亂叫亂跳[13]。袁宏道自己說：「這三個月是我人生最快樂的時光，跟他二十四小時黏在一起永遠都是舒暢的。我的『眼、耳、鼻、舌、身、意』所有感知，不知道怎麼有這樣的福氣？真怕這三個月把我一生的運氣都用光了。」[14]

到離別的時候，袁宏道一口氣寫了十首詩、陶望齡寫了七首詩彼此道別，真是難分難捨到極點。

袁宏道寫道：「君攜我如頭，我從君若尾。」我們像是毛毛蟲，你是我的頭、我是你的尾；「北山有鳥，其名曰鳳凰，兩鳥排雲，扶霧入虛空。」我們像

---

13 〈徐文長傳〉：「兩人躍起，燈影下，讀復叫，叫復讀，僮僕睡者皆驚起。」兩個人半夜一起讀到一本徐文長的書，讀到大吼大叫，把僕人都吵醒。

14 袁宏道〈與伯修書〉：「自墮地來不曾有此樂。前後與石簣聚首三月餘，無一日不游、無一游不樂、無一刻不譚、無一談不暢。不知眼耳鼻舌身意何福一旦至此？但恐折盡後來官祿耳。」

是一對神鳥，一起飛到宇宙的盡頭。

陶望齡寫道：「君敲石中火，令我發其機。」你是打火石，點燃我的心；「我心實敬君，君心亦予愛。」我心中敬愛你，我知道你也愛我；「誰為今日酸，即是昨日歡。」誰想過，這三個月有多歡樂，離別就有多痛苦。

隱藏角色：黨爭打手

然後他就回到故鄉公安[15]，過了一段隱居生活。然而他又不是真正耐得住寂寞的隱士，他在書信中承認：「實迂懶之故，非真不愛富貴也。」、「居朝市而念山林，與居山林而念朝市者，兩等心腸，一般牽纏，一般俗氣。」

於是隔兩年就又回去京城當了個閒官。但又隔兩年，黨爭越演越烈，眼看要波及他那一掛人，他哥哥袁宗道又過世，他大概心情不好就又離職了。

後來敵對政黨[16]上台，果然把他的朋友們鬥倒、鬥死了好幾個[17]，當然也沒有徵召他去當官。

也許是歷練多了，也許是嗅到了大明朝要完蛋的味道，袁宏道人到壯年才越發的憂國憂民起來。這幾年萬曆皇帝罷工，地方上稅負沉重、海盜猖獗，更接連發生妖書案、楚藩案等事件，朝野一片烏煙瘴氣，袁宏道的詩文裡多了很多諷刺或悲憤的文字。

風水輪流，五年後仇家倒了台，政黨輪替，東林黨看上了袁宏道，把他拉進了黨爭的最前線——吏部。吏部掌管官員升降、錄用等，每六年一次的官員考核更是黨爭最重要的戰場之一。

從有限的紀錄看，袁宏道這時期完全是一個十分稱職的黨爭打手。除了日常工作，攻擊政敵、起用自己人、拔除外黨在吏部的釘子[18]，是他主要的活動。

15　沒事，提示一下考試重點。

16　浙黨沈一貫任首輔。

17　陶望齡等下台、李贄被逼死。

18　事見〈吏部驗封司郎中中郎先生行狀〉，這件事表面上是藉由一些弊案，建立胥吏的淘汰機制，肅清部內的太監人馬。但我們要注意，太監在明代本有參政傳統，史料上也不乏真的忠心愛國的太監。故而我個人的判斷，還是把本案歸類為一種黨爭行為。當然黨爭是否就是不好，是另一個問題了。

其中一位被他攻擊的，竟是他早年好友[19]，兩人曾一起看過花、一起躲過雨、為對方送行。如今袁宏道卻對其落井下石，在人家躲避東林黨追殺而辭官的時候，指責他擅離崗位，應該懲處。[20]

隔年袁宏道就病逝了，而那些反目成仇的朋友到死都沒有原諒他[21]。

政客的國文課本

看到最後一章，也許有人會錯愕，怎麼跟前面的形象差那麼多？其實人都複雜，政客更尤為複雜。

現實中，我們都知道政客的嘴、騙人的鬼，誰也不會完全相信政治人物說的

話。然而在國文課上，我們往往不加反思，古人說啥就是啥，很少想起他們幾乎全都是政客，實在是咄咄怪事。

即使是陶淵明、袁宏道這類以「率性自然」著稱的文人，其實也有他們各自的政治歷程，他們心中除了擺爛，還有理想、也還有利益，有伙伴、也有仇敵。

如果有人想真正讀懂國文課本，正視作者們共同的職業：政客，也許才是靠近古人的第一步。

19 指顧天埈（昆黨首領），另有湯賓尹（宣黨首領）、李騰芳等也是類似情況。

20 〈查參擅去諸臣疏〉。

21 袁中道：「中郎逝後，往時同學號深相知者，皆作白眼按劍之語。」

晚遊六橋待月記

袁宏道

古人說

西湖最盛，為春為月。一日之盛，為朝煙，為夕嵐。今歲春雪甚盛，梅花為寒所勒，與杏桃相次開發，尤為奇觀。石簣數為余言：「傅金吾園中梅，張功甫玉照堂故物也，急往觀之。」余時為桃花所戀，竟不忍去湖上。由斷橋至蘇隄一帶，綠煙紅霧，瀰漫二十餘里。歌吹為風，粉汗為雨，羅紈之盛，多於隄畔之草。豔冶極矣！

然杭人遊湖，止午、未、申三時。其實湖光染翠之工，山嵐設色之妙，皆在朝日始出，夕舂未下，始極其濃媚。月景尤不可言，花態柳情，山容水意，別是一種趣味。此樂留與山僧遊客受用，安可為俗士道哉！

翻譯蒟蒻

西湖最棒的，是春天是月色。一天當中最棒的，是清晨的霧氣，是黃昏的山嵐。今年春雪很大，梅花被寒意抑制，竟與春天的杏花桃花接連開放。石簣幾次跟我說：「傅金吾園中的梅花，是張功甫玉照堂的古梅，趕快去看。」我當時被桃花迷住，竟不忍離開西湖上。

從斷橋到蘇隄一帶，柳葉桃花像是綠色的煙和紅色的霧，瀰漫二十餘里。唱歌的聲音多到像打在身上的風，夾帶脂粉的汗水多到像在下雨，華服遊客之多，比隄畔的草還多。真是豔麗到了極點。

但杭州人遊湖，只在中午十一點到下午五點。其實湖光染上翠綠的精緻，山嵐變化顏色的美妙，都在朝陽剛出來，還有夕陽未落下的時候，才極其濃媚。月景尤其不可形容，花的姿態與柳的情致，山的容貌與水的意趣，特別是種趣味。這種快樂只能留給山間高僧和真正的遊客享用，怎麼能對俗士說明呢！

思想膚淺的蒲松齡《聊齋誌異》——〈勞山道士〉與其他瑟瑟的故事！

古文及翻譯蒟蒻詳見P279

〈勞山道士〉在課文裡面算是偏有趣的了，但在整本《聊齋誌異》當中，卻算滿無聊的。大家都知道《聊齋誌異》裡面最有名的就是美豔的狐妖、女鬼嘛，但教科書就是硬要選一篇勸人努力的兒童讀物，真的是「我褲子都脫了，你就給我看這個？」

其實我滿希望課本裡面多一些談戀愛、甚至談性的東西，畢竟高中生當下遇到的困境不就是這個嗎？每天喊著說「國文是要幫助學生面對困境！」結果連個戀愛都不敢面對，是有個屁幫助？[1]

想看瑟瑟的自己跳到最後面，出於國文老師的責任，我們要先談一下作者跟課文。

蒲松齡的八股文根本亂寫

蒲松齡「萬年國考生」的形象深入人心，往往被視為「懷才不遇」的代表，他寫《聊齋誌異》寫到科舉也往往痛罵考官「目盲」、「貪財」之類。他從十八歲考到六十二歲，考了四十幾年都沒考上，一想到準備考試、落榜的痛苦貫穿一生，就令人頭皮發麻、心疼不已。

但是如果我們去翻他留下來的八股文，那還真的不能怪考官，他八股文寫得確實是不怎麼樣。

1 我最最痛恨的就是〈劉姥姥進大觀園〉，整本紅樓夢都是國中生談戀愛，你他媽硬是要選這個，我真的醉到不行。

首先他的八股文連一些最基本的格式都大錯特錯。

規定不能超過五百五十字，他幾乎每次都寫超過，二十三篇有十九篇字數超標，超標率高達百分之八十三，身為國文老師，我真的會氣到吐血。幾百年的老考生了一直犯這麼低級的錯誤，絲毫不知悔改，真正是神仙難救。

大家知道八股文（八腿文，指通常要有四副對偶）的精華就在對偶的精妙完整，但蒲松齡他老人家永遠是寫得支離破碎，考官不仔細找根本看不出來他對偶對在哪[2]。

他另外還發生過一次考卷寫錯頁，被公告趕出考場的超丟臉悲劇，我真的

是不知道該哭還是該笑。

其次蒲松齡的儒學水準也真的是滿爛的，考試常常都答不出重點。比如題目〈君子先慎乎德（有德此有人，有人此有土，有土此有財）〉，應該是要解釋「德」與「財富」的關係。結果他翻來覆去的說「君子在乎的是德不是財」、「君子害怕什麼呢？害怕沒有德」、「君子不害怕什麼呢？不害怕沒有財」。真是聽君一席話如聽一席話、我上次聽到這句話還是上次。

其實大家如果讀過《聊齋》也可以看出來，故事寓意通常都非常芭樂沒什麼洞見，什麼做官要清廉啦、真愛感動天啦、好人有好報啦等等，都是那種鄰家阿

2 隨便截一段後股讓行家感受一下：「【顧當其慎德，即不有人土而不以為患；有時而不有財，因而亦不以為患。何患乎？患無可以致此有耳。】而卒之人有也，土有也，財用罔不有也。要之人有待而土財用無待也。【君子所圖維於未有人之先者，其源流固已甚長矣。】君子所不忍言有者，惟財用耳。【顧不有財用，尚以人土為辭；而不有人土，實無可以自解。何為無解乎？無解夫所以不有者耳。】然則人之有不在人也，土之有不在土也，財與用之有並不在財用也。是以人土無遑計，而財用尤不必計也。【君子之揆度於慎德之時者，其見理固已甚明矣。】君子之先慎，豈無故哉！」懂ㄉ就懂，不懂ㄉ就不用懂ㄌ。

嬤倫理學，反映出蒲松齡在哲學上真的偏膚淺。

從形式到內容，蒲松齡的八股文全然經不起檢驗，說實話完全沒有資格抱怨什麼「標準不當」、「考官不公」之類的（《聊齋誌異》一堆這種罵考官的故事）。但也恰恰因為蒲松齡缺乏考試的能力，才得以發揮他真正的才華，留下了流行天下的《聊齋誌異》。

也許我們該慶幸，蒲松齡沒有聽從朋友的建議「斂才苦攻（收斂才華，認真讀書）」，我們才有這些亂七八糟的小說可以看。

畫餅PUA[3]慣老闆勞山道士

課文〈勞山道士〉正是一篇芭樂文，主要想表達「不要懶惰」的超不深刻哲理。

這是一個懶惰富二代去勞山學仙術的故事。老師一直只叫他砍柴[4]，他覺得很累，但看到老師用筷子變出美女、酒壺永遠喝不完等神奇魔法，又覺得放棄太可惜。最後他還是撐不下去，就跟老師說你好歹教我一個穿牆術。老師教了，但叫他要「潔持（潔身自愛、好好做人）」，法術才有用，結果他一回家就想炫耀法術，就失敗撞牆跌倒。

如果用現代眼光看這個「勤勞」教訓，恐怕頗不合時宜。一個慣老闆只會畫大餅（變美女、變酒等法術），一直叫員工996加班加到死（早樵而暮歸），但既不提供學習機會（不傳教一術）、也說不清楚要如何完成願景（所以砍柴跟學法術到底有什麼關聯？）、也當然沒有多少薪水。這樣的垃圾公司，我們真的要鼓勵同學繼續努力，傻傻的「勤勞」砍柴嗎？

其次道士所謂「潔持」的標準也令人困惑，王同學只不過是向老婆炫耀，就

3　pick up art原指「搭訕藝術」，後因其中「故意貶低對方」的技術而惡名昭彰，也被用來形容職場不當貶低。

4　剛好最近一直看到一個手遊廣告：「砍樹就能爆神裝，快來發揮你的砍家本事！」我相信該手遊「砍柴修仙」的靈感很可能就從「勞山道士」來的。順便一提，我沒有找到其他道教「砍柴」跟「修行」有關聯的紀錄，我猜勞山道士一文很可能是借用了禪宗公案「悟道之前砍柴挑水做飯、悟道之後也是砍柴挑水做飯」的概念，而不是道術真的有這種修行方式。

算是「不潔身自愛」了，那老師自己召喚小姐陪酒、把學生全都灌醉又算什麼？如果根本沒有什麼「潔持」，道士只是故意耍他、甚至故意職場PUA，那王同學罵他「無良」也只是剛好而已，有什麼可笑呢？

我想資本主義社會的倫理，應該是合作雙方溝通清楚彼此的需求與價值，好聚好散，而不是期待對方通過自己「無言的考驗」，更不是用一些幻術、話術空手套白狼。

撇開內容不談，〈勞山道士〉寫得還是滿好的。蒲松齡對動作、對白的描繪，相比於同期小說更細膩生動，讀起來頗有畫面感。

比如寫老師變出美女：「乃以箸擲月中。見一美人自光中出，初不盈尺，至地遂與人等……歌畢，盤旋而起，躍登几上，驚顧之間，已復為箸。」用筷子丟進月中，美女從月光中出現，剛開始不滿一尺，到地上的時候就跟人一樣高……唱完歌，盤旋而起，跳到小桌上，大家驚嚇之間，已經變回筷子了。

我覺得「驚顧之間」最體現蒲松齡描寫的細膩，如果換我來寫，恐怕注意不到「美女飛上桌子讓大家恐慌」這個細節。這個細節也讓變回筷子這個正常收尾，平添一個反差的小高潮。像這樣的細節課文中還有很多，大家有興趣的可以仔細品味，試想自己來寫能不能寫得更有趣。[5]

成人版《聊齋》

除了〈勞山道士〉這種少兒皆宜到近乎幼稚的故事，《聊齋》裡還有很多兒童不宜的勁爆故事，以下簡介幾篇，讓大家知道《聊齋》其實還是有好（糟）看（糕）的部分。

5　本課課文還有一點令人困惑，就是最後面的作者評語。本來是個正常的勵志故事，但作者偏要扯到有的達官貴人喜歡「宣威逞暴之術」，「勢不至觸硬壁而顛蹶不止」一定要跌倒才會停止。人渣文本周偉航老師認為「都說出『舔屁眼』這種用詞了，代表他真的很不爽。所以『傖父』和『舐吮癰痔者』應該都有對應的真人。可惜我們沒機會知道是誰，除非『作者』真的復活。」這個猜想頗有道理，蒲松齡在當縣長幕僚時有一首〈大人行〉，描述高官過境一面耀武揚威、一面敲詐勒索的情形。〈勞山道士〉也大概在該時期完成，很可能是在罵同一情況、甚至同一個人。他當時大概是真的很氣，明明不相關的故事，就是硬要拉過來罵你兩句才舒服。

以下內容包含敏感畫面，您是否已滿十八歲？

□【是，我已滿十八歲】

□【是，我說謊】

1.〈蓮香〉：經典宅男3P性幻想

桑生家裡先是來了一個超正狐妖蓮香，每三五天都來跟他做愛；之後又來了一個美少女女鬼李同學，想要每天都瘋狂做愛，只是要避開蓮香。

後來蓮香覺得桑生得了「鬼症」，遂發現了李同學的存在，蓮香告訴桑生：「她是鬼，繼續跟她做你會死掉。」桑生以為她只是吃醋，就繼續每天跟李同學做愛，蓮香於是暫時離開桑

生。

連續做兩個月後桑生果然快死掉了，這時蓮香回來堵到李同學，李同學說自己不是故意要害死人的。蓮香隨即拿出藥來救桑生，並需要李同學餵口水給桑生當藥引（這什麼古代人工呼吸福利），吃完藥桑生就康復了。

之後李同學離奇借別人屍體復活，桑生就去提親、跟她結婚，與蓮香三人幸福快樂的生活在一起。後來蓮香生孩子之後病死了，死前說：「如有緣，十年後可復相見。」

十四年後，一個太太來賣十四歲的女兒，女兒長得很像蓮香。李同學叫她「蓮姐」之後，蓮香就想起了前世的記憶。全劇終。

這篇的開頭算是《聊齋》最典型的套路，一個窮書生莫名其妙就有大正妹（通常不是人）主動投懷送抱。原理就跟有一陣子很紅的「天降系美少女」動漫一樣，平凡的主人公莫名其妙收穫女高中生、聖女、魅魔之類的（有時候是一個、有時候是一大群），本質上是為了滿足欲求不滿的宅男[6]。

蒲松齡本人雖然有老婆，但老婆似乎是文盲，又聚少離多，大概因此頗嚮往一些才色兼具的女人，遂使這類性幻想成為《聊齋》中最重要的主題。

另外他當幕僚時，他老闆有位青樓出身的小妾叫顧青霞。蒲松齡很喜歡她，為她寫了至少十三首詩，留下一堆「燈前色授魂相與，醉眼橫波嬌欲流」、「短髮覆香肩……細臂半握……顫顫如花、亭亭似柳、嘿嘿情無限」[7]這種啊嘶啊嘶的句子。一般認為《聊齋》的狐妖形象深受此女影響。

2.〈黃九郎〉：全書最腐

何子蕭遇到一個超級帥的狐妖黃九郎，先是瘋狂性騷擾人家，然後跟他瘋狂做愛，於是病死了[8]。

死後他也借屍還魂，醒來又又又想跟黃九郎做，黃九郎不想再害他，就幫他設計強上自己表妹（蛤？？還有為什麼狐狸的表妹不是狐狸啊？），結為夫妻。後來何子蕭被政敵迫害，就讓黃九郎去色誘政敵，政敵跟九郎瘋狂做愛，也病死了。黃九郎拐了很多政敵的錢，於是變成一方富豪。全劇終。

蒲松齡對這個故事還有一段超級性別歧視，但滿好笑的評論，擷取其中幾句：

「人必力士，鳥道乃敢生開；洞非桃源，漁篙寧許誤人？」只有四川神話中的大力士，才敢硬開險峻的道（菊）路（花）；洞又不是桃源洞口，幹嘛拿竹竿亂插？

---

6 希望這樣描述不會太冒犯，我知道並不是所有宅男都欲求不滿、真的欲求不滿也沒有任何可指責的地方，我只是想表達字面上的意思。然後我本人應該至少算半個宅男，也略有點欲求不滿，所以真的是沒有想歧視你各位欲求不滿宅男的意思。

7 〈贈妓之六〉、〈西施三疊〉。

8 〈蓮香〉裡是跟鬼做才會病死，狐狸不會，其他篇章裡也有跟鬼做也沒事、甚至鬼能生小孩的（比如聶小倩），可見《聊齋》的世界觀設定是不太統一的。

「華池置無用之鄉，謬說老僧入定；蠻洞乃不毛之地，遂使眇帥稱戈。」明明是不喜歡女人，卻說自己「老僧入定」不近女色；蠻洞這種不毛之地，只有瞎眼將軍會在這動武。

「繫赤兔於轅門，如將射戟；探大弓於國庫，直欲斬關。」像是呂布繫好赤兔馬，準備拿弓箭射方天畫戟（我猜是指兩根ㄐㄐ交錯的意思？）；像陽虎（左傳、論語裡的壞人）從國庫偷大弓，準備破壞城（ㄍㄤ）門發動叛亂。

「或是監內黃鱣，訪知交於昨夜；分明王家朱李，索鑽報於來生。」「監內黃鱔」是個筆記小說故事，說有一個監生（太學生）跟老師有一腿，有天監生夢到下體跑出一條黃鱔，人家就笑說「應該是你老師昨夜來訪」；「王家朱李」是世說新語故事，說王戎家有紅李子很甜，王戎賣李子的時候總是把種子鑽破，以免別人拿去種出一樣甜的李子，「索鑽報於來生」是說李子轉世來報復，也要讓他嘗嘗斷子絕孫的滋味。

「彼黑松林戎馬頓來，固相安矣；設黃龍府潮水忽至，何以禦之？」黑松林我猜是指女陰毛髮濃密，適合作戰（？）；如果黃龍府（菊花）潮水（便便）忽至，怎麼防禦呢？[9]

「宜斷其鑽刺之路。」應該砍斷他們ㄐㄐ、堵塞他們花花。

我想要是蒲松齡在寫八股文的時候，也寫得出那麼多華麗又工整的對偶，早就考上了好嗎？不要在歧視言論上浪費才能好不好？一寫到甲甲就那麼興奮，難道是恐同深櫃[10]？

其實我覺得蒲松齡對同性戀的歧視還沒到深惡痛絕，只是他還是覺得同性戀不入流，只能算是種特殊性癖，不能沉迷。大概這是當時普遍的態度，文人雅士偶爾會嫖個男妓，但不太會認真看待這類關係。所以故事結局雖然是happy ending，但何子蕭還是「改邪歸正」跟女生在一起了。

另外何子蕭三番五次的性騷擾、甚至試圖性侵，非常非常非常不可取，望周知。

---

9 這種技術問題應該是不用擔心，據我所知他們會先清理乾淨再作業。

10 據說部分不願意出櫃的同志會表現得特別恐同，以避免自己被懷疑。經典案例如美國反同組織「走出埃及」主席後來竟然承認自己就是同志……

篇幅有限，就先簡單介紹以上兩篇，另外還有一些也推薦大家沒事可以找來看，比如寫人獸交的〈犬姦〉、寫女同志的〈封三娘〉、陰莖增大術〈巧娘〉、超級純愛戰士〈阿寶〉、好看武打戲〈妖術〉、全書最恐怖〈屍變〉、拍過電影的〈聶小倩〉、〈畫皮〉等等。

結語

我覺得蒲松齡的故事還滿有啟發性的，有時候你以為自己懷才不遇，其實是人家慧眼如炬（雙押）；有時候你表現得不好，其實你真的不適合這個賽道，死磕到底真的沒有必要（單押乘三），不如去找屬於自己的夢幻島、那裡有更多更多鈔票（好了有點太多了）。[11]

11 只要你好好搞，總會看到幸福的青鳥。小時了了，未必成功到老，看看手錶，抓緊每分每秒。不要拘泥老套、記住心動的訊號，那就是你生命的解藥。不用管別人嘲笑，嘲笑是他們自己沒長腦。我們就要、活出自己的驕傲，我們就要、無理取鬧，比如我最擅長的就是睡大覺！（好我腦袋裡的韻腳終於停了，幹。）（最後三個韻腳來自武漢某醉漢二〇一六年作品，搜尋武漢醉漢現編rap可查到。）

勞山道士

蒲松齡

古人說……

邑有王生，行七，故家子。少慕道，聞勞山多仙人，負笈往游。登一頂，有觀宇甚幽。一道士坐蒲團上，素髮垂領，而神光爽邁。叩而與語，理甚玄妙。請師之，道士曰：「恐嬌情不能作苦。」答言：「能之。」其門人甚眾，薄暮畢集，王俱與稽首，遂留觀中。

凌晨，道士呼王去，授以斧，使隨眾采樵。王謹受教。過月余，手足重繭，不堪其苦，陰有歸志。

一夕歸，見二人與師共酌，日已暮，尚無燈燭。師乃剪紙如鏡粘壁間，俄頃月明輝室，光鑒毫芒。諸門人環聽奔走。一客曰：「良宵勝樂，不可不同。」乃于案上取酒壺分賚諸徒，且囑盡醉。王自思：七八人，壺酒何能遍給？遂各覓盎盂，競飲先釂，惟恐樽盡，而往復挹注，竟不少減。心奇之。俄一客曰：「蒙賜月明之照，乃爾寂飲，何不呼嫦娥來？」乃以箸擲月中。見一美人自光中出，初不盈尺，至地遂與人等。纖腰秀項，翩翩作「霓裳舞」。已而歌曰：「仙仙乎！而還乎！而幽我于廣寒乎！」其聲清越，烈如簫管。歌畢，盤旋而起，躍登幾上，驚顧之間，已復為箸。三人大笑。又一客曰：「今宵最樂，然不勝酒力矣。其餞我于月宮可乎？」三人移席，漸入月中。眾視三人，坐月中飲，須眉畢見，如影之在鏡中。移時月漸暗，門人燃燭來，則道士獨坐，而客杳矣。幾上肴核尚存；壁上月，紙圓如鏡而已。道士問眾：「飲足乎？」曰：「足矣。」「足，宜早寢，勿誤樵蘇。」眾諾而退。王竊欣慕，歸念遂息。

又一月，苦不可忍，而道士并不傳教一本。心不能待，辭曰：「弟子數百里受業仙師，縱不能得長生術，或小有傳習，亦可慰求教之心。今閱兩三月，不過早樵而暮歸。弟子在家，未諳此苦。」道士笑曰：「吾固謂不能作苦，今果然。明早當遣汝行。」王曰：「弟子操作多日，師略授小技，此來為不負也。」道士問：「何術之求？」王曰：「每見師行處，墻壁所不能隔，但得此法足矣。」道士笑而允之。乃傳一訣，令自咒畢，呼曰：「入之！」王面墻不敢入。又曰：「試入之。」王果從容入，及墻而阻。道士曰：「俯首輒入，勿逡巡！」王果去墻數步奔而入，及墻，虛若無物，回視，果在墻外矣。大喜，入謝。道士曰：「歸宜潔持，否則不驗。」遂助資斧遣歸。

抵家，自詡遇仙，堅壁所不能阻，妻不信。王效其作為，去墻數尺，奔而入；頭觸硬壁，驀然而踣。妻扶視之，額上墳起如巨卵焉。妻揶揄之。王漸忿，罵老道士之無良而已。

異史氏曰：「聞此事，未有不大笑者，而不知世之為王生者正復不少。今有傖父，喜疢毒而畏藥石，遂有舐吮癰痔者，進宣威逞暴之術，以迎其旨，紿之曰：『執此術也以往，可以横行而無礙。』初試未嘗不小效，遂謂天下之大，舉可以如是行矣，勢不至觸硬壁而顛蹶不止也。

翻譯蒟蒻

縣裡有個王生，排行老七，是世家子弟。年輕時喜歡道術，聽說勞山有很多仙人，就揹著書箱去遊歷。他登上一座山頂，山頂有座道觀很清幽。一位道士坐在蒲團上，白髮垂到脖子，精神很清爽豪邁。王生向他提問跟他說話，道士所說道理非常玄妙。王生請求拜他為師，道士說：「恐怕你嬌氣懶惰不能吃苦。」王生回答：「我能。」道士的門人很多，傍晚都聚在一起，王生跟他們一起叩頭，於是留在道觀中。

凌晨，道士叫王生過去，給他斧頭，讓他跟隨眾人砍柴，王生恭敬受教。過了一個多月，王生手腳都長出厚繭，不能忍受這種痛苦，偷偷有了想回去的想法。

一天傍晚回到道觀，看到兩人跟師父在一起喝酒，天色已經傍晚，還沒有點燈燭。師父就剪了鏡子模樣的紙貼在牆上，不久紙上發出月光照亮房間，亮得能看見細毛。眾門人在大廳周圍奔走效勞。一個客人說：「這麼好的夜晚太快樂了，不能不一起分享。」於是拿桌上的酒壺分別賜酒給眾門徒，囑咐他們都要喝足喝醉。王生自己心想：「七八個人，一壺酒怎麼可能全部都分到呢？」於是徒弟們各自找盆子大碗，爭著搶先喝酒，只怕酒壺倒空，但酒壺一遍又一遍倒酒，竟然沒有一點減少，王生心裡感到好神奇。不久一個客人又說：「托你的福我們有了月光照耀，但就這麼默默喝酒不妥，何不叫嫦娥來？」於是用筷子投向月亮。只見一個美人從月光中出來，剛開始不滿一尺，飛到地上就跟人一樣大了。她腰肢纖瘦脖頸柔美，翩翩然跳起了「霓裳舞」，不久唱歌道：「飄飄然！我回到人間了嗎！還是仍把我幽禁在廣寒宮呢！」她的聲音清澈高亢，嘹亮得像簫管。唱完，盤旋而起，跳到桌子上，大家看得嚇一跳之時，已經變回筷子了。三人大笑。又一個客人說：「今晚好快樂，但不勝酒力了。希望兩位能在月宮中為我餞行好嗎？」三人移動酒席，漸漸進入月中。大家看著三人，坐在月中喝酒，鬍鬚眉毛都看得清清楚楚，像是鏡中的倒影。過一陣子月光漸暗，門人點燃蠟燭過來，就只剩道士獨坐，而客人已經消失了。小桌上菜餚瓜果還在，牆上的月亮，也只是像鏡子的圓形紙張而已。道士問大家：「喝夠了嗎？」大家說：「喝夠了。」「喝夠了，就早點去睡吧，不要耽誤砍柴了。」眾人允諾告退。王生偷偷羨慕這些法術，想回家的念頭就打消了。

又過一個月，王生又痛苦得不能忍受，而道士卻並不傳授任何法術。王生心中已經無法再等待，辭別說：「弟子我走了數百里來向仙師學習，縱然不能得到長生不老之術，如果能小小傳授一點什麼給我，也可安慰我求教的心。但現在已經過了兩三個月，每天不過是一大早去砍柴到傍晚才回來。弟子在家中，從不知道有這種痛苦。」道士笑著說：「我本來就說你不能吃苦，現在果然如此。明早就送你回去。」王生說：「弟子工作這麼久，請師父簡單傳授我一些小技術，我來到這裡也就不算枉費了。」道士問：「想要什麼法術？」王生說：「每次看見師父所到之處，牆壁都不能阻隔，只要得到這個法術就夠了。」道士笑著答應他。於是傳授一個口訣，叫王生自己唸咒語後，叫他：「進去！」王生面對牆壁不敢進入。又說：「試著進去看看。」王生就慢慢地要走進去，碰到牆壁卻被阻擋住。道士說：「低頭快進去，不要猶豫！」王生就離開牆幾步助跑進入，到了牆，空空的像沒有東西一樣，回頭一看，果然人已經在牆的另一邊了。王生大喜，進去感謝道士。道士說：「回去應該潔身自愛，否則就不靈驗了。」就給王生旅費送他回去。

到了家，王生自吹自擂說遇到神仙，牆壁不能阻攔他，妻子不信。王生模仿之前的做法，離牆數尺，助跑進入，結果頭碰硬牆，馬上跌倒。妻子扶他起來看，額頭上腫起來像個大雞蛋。妻子就嘲諷他，王生慚愧又憤恨，只能罵老道士無良。

異史氏（蒲松齡本人自稱）說：「聽到這件事，沒有人不大笑的，卻不知道世界上的王生也正有不少。有些白癡，喜歡生病中毒而害怕藥物砭石（推拿用具），於是有那種舔吮膿包痔瘡的人，進獻宣揚威勢濫用暴力的技術，以迎合這些白癡的愛好，騙他們說：『拿著這個技術出去闖，可以橫行天下沒有阻礙。』剛開始嘗試時也有一點點效果，白癡於是以為天下之大，都可以這樣做了，他們勢必要等撞牆跌個狗吃屎才會停止了。」

古典臺灣篇

- 龍山寺大戰霞海城隍！
  ——鄭用錫〈勸和論〉背後的艋舺大火拚
- 雙馬尾史前怪人洪棄生的〈鹿港乘桴記〉
  ——兼與朱宥勳大大商榷
- 〈畫菊自序〉作者到底誰啊？
  ——沒有故事的女同學張李德和與她的馬屁人生

龍山寺大戰霞海城隍！
——鄭用錫〈勸和論〉背後的艋舺大火拚

古文及翻譯蒟蒻詳見P302

〈勸和論〉說實話大家都覺得很無聊，好像就一個阿伯講一些廢話勸架。但這背後卻是一場血流成河的神仙打架，當年曾經震動整個北台灣，當年的風雲人物，如今還處處都是他們的痕跡。

我第一次了解這個故事之後，從艋舺清水巖沿著小巷往南走，腦中忽然炸響〈萬千花蕊慈母悲哀〉的歌詞：

「南無觀世音菩薩！」

若準講你，算著這齣悲劇

你敢會看顧，紲落來伊頭前，彼逝歹行的路？[1]

以下，容我介紹大名鼎鼎的「頂下郊拚」，以及台灣第一人鄭用錫在其中可能扮演的角色。

艋舺一八五三

話說一百七十年前的台灣，民風彪悍異常，「睚眥之仇，報而後快，片言

1 「如果你算到這齣悲劇，你會不會看顧，接下來他前頭那條難走的路？」然後我知道這首歌應該是談白色恐怖的，但每個時代總有為共同體犧牲自己的人，以及他們背後的家人，還有「南無觀世音菩薩！」頂郊龍山寺主祀的正是觀音菩薩。

不和輒鬥」[2]，白話就是：「一言不合就輸贏。」而北台灣最大城市「艋舺（今萬華）」，當然更是武德充沛，至今不衰。

艋舺主要都是泉州居民，但泉州人中又分三種：

一股是三邑（晉江、南安、惠安三縣）人，他們人數最多、來得最早，也是歷來漳泉械鬥的主力，「龍山寺」是他們的信仰中心兼作戰指揮所，組織商業公會「頂郊」。

另一股是同安縣人，雖同屬泉州，但地緣口音都更接近漳州，因而周旋於漳泉之間，「霞海城隍」正是他們的原鄉守護神，組織「下郊」。

最後還有安溪縣人，勢力最弱，「清水祖師廟」是他們的信仰中心。

「頂下郊拚」正是以「三邑人（頂郊）」與「同安人（下郊）」為主角的一次超大規模械鬥（怕大家亂掉我畫ㄍ簡表）。

咸豐三年，戰爭一觸即發。戰爭的

原因已經記不清，有說是細故引爆的「碼頭力伕口角」、「因買菜口角」、「豬母從泥溝跳上路來……一時哄然（這啥理由……）」；有說早有預謀的「（頂郊）壟斷艋舺商務，下郊妬（妒）之，預謀染指」；有說是「受漳人煽動」[3]等。

雙方勢力範圍大概以今天康定路為界，三邑人在龍山寺一側、同安人聚居八甲莊（老松國小附近），當時康定路一帶均為水池沼澤，不利正面進攻，於是各自準備奇襲。

同安領袖林右藻率眾繞後從淡水河對岸（今三重竹圍仔）突出，身穿防彈的濕棉被，想殺個三邑人措手不及；豈料消息走漏，三邑人早有準備，特別狠心將銀兩鑄成子彈（銀彈比鉛彈硬，並不是因為同安人是吸血鬼），發發貫穿同安人的防禦，頓時血染淡水河。

更慘的是，林右藻很快收到消息，本陣被偷襲了。三邑人借道北面的安溪清

---

2 丁紹儀《東瀛識略》。

3 分別引自《臺北市志》、〈台北地區之開拓與寺廟〉、《台北文物．艋舺耆老座談會》、《臺北縣志》、《台北文物．艋舺耆老座談會》。

水祖師廟，襲擊同安八甲莊。他們放火燒毀祖師廟，讓大火延燒進同安人聚落，並推沙桶為掩護，強行攻入大本營。

林右藻倉皇回援，但是大勢已去，只能搶救走霞海城隍，帶著殘部與居民逃往大稻埕、大龍峒。[4]

上述應該僅是整場戰爭的最後一次戰役，總體的情況遠比這更複雜、規模更驚人、戰況更慘烈，只是缺乏具體細節的紀錄。「頂下郊拚」是標誌性的重大械鬥，波及到整個北台灣，漳州人應該也有參與（地方志往往把頂下郊拚列在「漳泉械鬥」條下）。

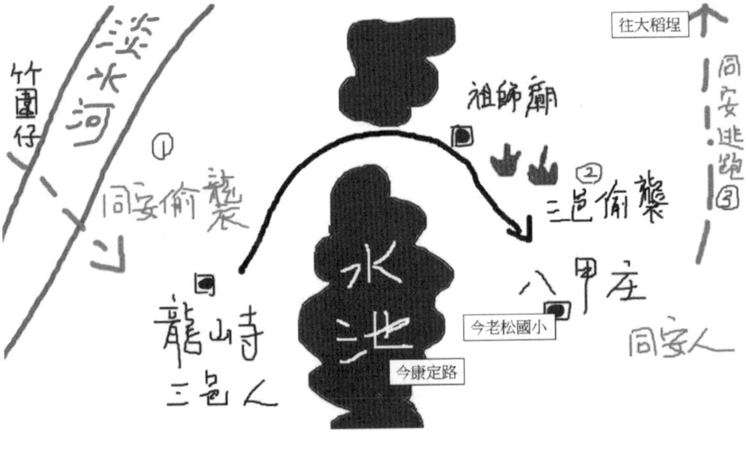

頂下郊拚

《淡水廳志》：「三角湧（今三峽）匪徒倡亂，毀八甲、新莊。」、《臺北縣志》：「毀新莊之艋舺縣丞署、海山堡之潭底公館（在樹林）、大加蚋堡（今中正大安松信一帶）……擺接（板橋、中永和）、芝蘭（士林、北投以北）亦鬥，禍焰遠及雞籠（基隆）、三貂。」、《重修臺灣省通志》：「禍及桃仔園（桃園）、楊梅等地。」這些紀錄已經幾乎把台北新北的行政區都點過一遍，甚至燒到基隆、桃園，連官方公署都難逃毀滅，可見「頂下郊拚」戰火有多熾烈。

現存新莊慈悲寺、林口永善寺，都是為當年死難戰士百姓而建立，《寺廟台帳》分別記載：「參與戰亂，陣亡頗多，乃合葬為有應公。」、「兵燹被及，陣亡者一百十餘人。」處於邊緣的林口都有這種紀錄，居於戰爭中心的艋舺，其傷亡之慘重簡直不堪想像。

〈勸和論〉中所謂：「新（莊）、艋（舺）尤為菁華所聚之區，遊斯土者，嘖嘖稱羨，自分類興，元氣剝削殆盡，未有如去年之甚也！干戈之禍愈烈，村市半成邱墟。」對今天的我們來說，只是句不鹹不淡的敘述，在當時卻是怵目驚

4　主要據《台北市發展史·林佑藻傳》、《台北文物·艋舺耆老座談會》。

心、血淋淋的現實。想像繁華的台北市中心，高樓林立、燈紅酒綠，原本北漂的人都會驚嘆其富麗，而今全被烈焰焚毀，政府機關、商業大廈、精緻名店，全部化為一片廢墟，簡直是末日災難電影真實上演。

故事的結局大家可能猜到了，艋舺受此重創，其港口又逐漸淤積，竟日漸沒落；而林右藻率眾建設大稻埕，反而成為新的商業中心，如今以月老靈驗聞名全台的「霞海城隍廟」也就在此時建立。大家以後去拜月老求姻緣之餘，不妨去偏殿看一看，還有當年為了護送城隍爺逃難而犧牲的三十八位同安戰士靈位，姓名俱在，號為「義勇公」。

靠打架能解決問題嗎？要打去練舞室打！

大家可能會抱著獵奇的心態去看古代的械鬥，覺得阿怎麼我們祖先都是一堆黑道8+9，整天在幹架。但其實械鬥是自然而然的事情，只要是沒有強大公權力的地方，就會有械鬥。

我們想像台灣今天沒有警察，或警力十分匱乏，你開一家早餐店都無法避免人家來搶劫或吃霸王餐。這時候有一群廟口8+9，手上有武器、有擅長打架的年輕人，跟你說：「來，以後我們兄弟來吃早餐你不能收錢，而且每個月要給我三千保護費，但是你這家店以後我們兄弟罩著，除了我們誰也不能欺負你。」其實你不但不討厭，反而會感激涕零。

於是你們家這一片就是這些「黑道」的「地盤」了，他們可能會欺負你，但也會保護你，因為你是他們的韭菜。然後黑道最重要的職責還真的就是械鬥，就像軍隊的職責是戰爭一樣。

械鬥有時候是必要的，比如上游村莊切斷了你們的水源，導致你們沒辦法種田、沒水喝；有時候是沒意義的，比如跟隔壁的小混混喝醉互飆按陰陽ㄐㄅ，各自烙人[5]演變成械鬥；有時候是說不清楚的，比如對方說：「黃某貿強暴我村李小姐，三天之內把他閹了，否則血洗黃家村。」我方反駁：「黃某貿是個gay，舉世皆知，不可能有這種事。」於是雙方大打群架等等云云。

5　台語正字「落人」，指喊人來支援群架。

當然黑道與韭菜的關係不是一成不變的，可能你身強體壯，也去參加了幹架活動，就成為了他們的兄弟；可能你家早餐店生意超級好，開了兩百家分店，給他們捐了很多錢，就成為了他們的金主；可能你是個大聰明，考上了秀才，你就變成跟官府打交道的主要代表。

本質上，這就是一個有錢出錢、有力出力、有腦出腦的社區自衛組織，經營得好的話其實還滿溫馨的。而且按照清領台灣的脈絡，你們之間有可能是同鄉、同行、同姓、同信仰之類的，大家彼此是很有些認同基礎的。

所以我們在歷史課本上看到的郊商、行會、宗族、宮廟等組織都包含一定的軍事功能，包含那些仕紳，什麼施世榜、鄭用錫、板橋林家，都有自己家的武裝集團（通常不是全職戰士，平常也是要工作的），隨時準備好要跟人幹架、保護自己人。

綜上，如果要問：「靠打架能解決問題嗎？」

當時的答案可能是：「不一定能解決問題，但不打架你一定會被問題解決。」

角頭鄭用錫與（可能）暗藏殺氣的〈勸和論〉

清政府雖然通常不管這些亂七八糟的械鬥，但「頂下郊拚」這種史詩級大災難，連政府機關都給燒了，當然不能再擺爛。可是清政府當時在整個北台灣只有幾百陸軍，而且戰力極爛[6]，貿然衝進戰場，不但不能控制住燎原蔓延的戰火，還可能演變成造反。通常這時候他們有兩個步驟，第一步是找地方上其他「角頭[7]」合作，看是調停還是有必要幹一架；如果第一步還不夠，第二步只能請中央派重兵跨海來台「剿匪」。

於是就輪到我們的鄭用錫大老出場喬事了。

鄭用錫在當時確實是台灣仕紳的天花板，第一位進士，曾經到北京朝廷當過

6　艋舺水師巔峰時一千五百四十人，水陸各半，而且駐台官兵打亂民時常不戰而潰。

7　角頭原先是指地方頭人，現在多指黑道頭目，在清代語境下，頭人通常也是擁有武裝團體的，跟黑道頭目的效果也差不多了。

官，造橋、鋪路、蓋廟等常規操作不提，連新竹城的城牆都是他蓋的。他家的武力雖然沒什麼械鬥的紀錄，但對抗過海盜、原住民[8]，甚至在鴉片戰爭中抗擊過犯台英國人[9]，可以視為一個特別成功的親政府小小軍閥，也是全台知名的大長輩（時年六十五歲）。

角頭喬事，當然不只是寫篇文章打打嘴砲，那未免太不尊重人了。

鄭用錫祖籍同安，但為了表示調停的誠意，親自住到三邑人家裡[10]，大有「你們要繼續追殺同安人，先Over my dead body」的氣魄。三邑人再囂張，也知道殺害「開台進士」勢必引來朝廷

重兵跨海壓境以及全台公憤。

此外，鄭用錫跟官府還聯絡了多方勢力，共同前往調停，我們能確定的名單有竹塹李錫金[11]（三邑籍）、竹塹陳緝熙（三邑籍）、大龍峒陳維英[12]（同安籍）等。這些人無一例外，剛好都是九年後戴潮春事件的平亂功臣[13]，可見他們全是親政府的地方角頭。我們不禁聯想到，如果三邑人這時候沒有收手，恐怕會先一步被這支聯軍剿滅。

8 《淡水廳志》：「蔡牽亂，募勇守後壠……屢被番害，設隘堵御。」對抗原住民當時仕紳多少都有，放在現在當然屬於「侵犯原住民傳統領域」、甚至「種族滅絕」暴行了。

9 朱材哲（台灣府知府）〈鄭用錫墓志銘〉：「洋船擾大安口，措糧率自募勇赴援，生擒洋人白者一、黑者三。事聞，賞花翎。土地公港複獲草鳥洋匪，獎加四品銜。」據考證，應該是英船遇風誤入台灣，與台灣軍民發生衝突，而不算有意「犯台」，還有不相關的海盜也算成英國人了，不過當時官員完全是上報成一件鴉片戰爭的戰功（盛坤陽〈鴉片戰爭期間台灣事件始末探悉〉）。

10 〈鄭用錫墓志銘〉：「咸豐三年，晉、南、惠三邑人與同安人約期互斗，君籍同安，乃移駐三邑人李某家，以示無他意，變遂止，全活者多。」

11 新竹現存「李錫金孝子牌坊」即其紀念。

12 大龍峒現有「樹人書院文昌祠」樹人書院即陳維英所創，推薦考生參拜，親測有效。

13 鄭用錫本人當時已經過世，但他兒子也是平亂功臣。

有理由推測，鄭用錫進入艋舺與三邑人談判的時候，除了講那些「你們在吃自己手手（？）」、「漳泉四縣一家親」之類的屁話，更帶著官方與各大角頭的軍事警告。〈勸和論〉所謂「王法在所必誅」，看似是輕描淡寫一句，實際上卻可能是赤裸裸的脅迫。

〈勸和論〉有用嗎？

我想這是很多人讀完課文的疑問，就講這些空話大家就不打了嗎？

從上節我們知道，「頂下郊拚」不打了，不是因為這篇文章寫得感人肺腑，而是因為鄭用錫的江湖地位與背後的武力[14]。

從文中「未有如去年之甚」也可推斷，本文並不是調停當下寫成的，而更像是事後的紀錄、宣傳。〈鄭用錫墓志銘〉載：「勸和論一作，已刊石於後壠鄉（在苗栗），一時傳誦，雖密菁村氓，幾於家有拓本。十餘年來，漸移默化，其消弭之功豈淺鮮哉！」可見本文傳播很廣泛，甚至不排除是官方借重他的江湖地位，把這篇文章當作公益廣告到處發。

那麼這個廣告效果如何呢？只能說實在看不出效果。過沒幾年北部就又發生板橋林家為首的超大漳泉械鬥，後來又有戴潮春事件等，好像大家並沒有要「各革面、各洗心，勿懷夙忿、勿蹈前愆，既親其所親、亦親其所疏，一體同仁」的意思。

勇者欣梅爾曰

當然後來籍貫械鬥還是日漸減少了。不是因為大家變高尚了，而是因為清朝開始花更多人力治台了；還有來台第一代比例也減少了，就像現在「省籍情結」已經不太重要了一樣。到了日治時期，日本人輾壓式的武力底下，械鬥更幾乎銷聲匿跡。

歷史似乎很殘酷地告訴我們，其實這種微弱的道德呼籲一點都不重要，重要

14　有的紀錄是說這次調停並未成功，如《臺北縣志》：「鄭用錫為漳泉械鬥撰勸和論以動之，然終不能止。」我的解讀是，艋舺的核心戰場應該是解決了，但外圍蔓延出去的戰火一時停不下來。

的是權力結構的狀態。但我想鄭用錫或許會想說：「知道自己很弱小就不去做了嗎？哪怕我的文章只阻止了一場械鬥、只多救了一個人、只是讓這塊土地少流了一滴鮮血，這些努力就有意義。」

「明知不可而為之」、「挽狂瀾於既倒」正是傳統士大夫的浪漫。

勇者欣梅爾嘗云：「如果討伐魔王的旅途注定會失敗，那我們就不去挑戰它了嗎？不是這樣的吧。畢竟我們可是勇者一行啊！」

我想這種浪漫，就是這篇好像沒用的文章能給我們的啟示吧。

後記

查資料的過程中不禁好奇自己的祖籍。才發現原來我爸就是三邑晉江人，似乎與三邑首領黃龍安是同一支；而我媽大概是同安人，也許冥冥之中有什麼祖輩指引著我寫下這篇介紹吧。

名嘴呂捷老師說過：「一千多年前的事情，你如數家珍；七八十年前的事，你卻一無所悉。一千公里外的過去，你如喪考妣；養育你的土地，你視而不見。」我想，該是時候多看看腳下的土地了。

勸和論

鄭用錫

古人說……

甚矣，人心之變也，自分類始！其禍倡於匪徒，後遂燎原莫遏，玉石俱焚。雖正人君子，亦受其牽制而或朋從之也。

夫人與禽各為一類、邪與正各為一類，此不可不分。乃同此血氣、同此官骸、同為國家之良民、同為鄉閭之善人，無分士、無分民，即子夏所言四海皆兄弟是也，況當共處一隅？揆諸出入相友之義，古聖賢所謂同鄉共井者也。在字義，友從兩手、朋從兩肉。是朋友如一身左右手，即吾身之肉也。今試執塗人而語之曰：爾其自戕爾手、爾其自噬爾肉，鮮不拂然而怒。何今分類至於此極耶？

顧分類之害，甚於臺灣。臺屬尤甚於淡之新艋。臺為五方雜處，自林逆倡亂以來，有分為閩、粵焉，有分為漳、泉焉。閩、粵以其異省也，漳、泉以其異府也。然同自內府播遷而來，則同為臺人而已。今以異省、異府苦分畛域，王法在所必誅。矧更同為一府，而亦有秦、越之異，是變本加厲，非奇而又奇者哉？夫人未有不親其所親而能親其所疏。同居一府，猶同室之兄弟，至親也。乃以同室而操戈，更安能由親及疏，而親隔府之漳人、親隔省之粵人乎？淡屬素敦古處，新、艋尤為菁華所聚之區，遊斯土者，嘖嘖稱羨。自分類興，元氣剝削殆盡，未有如去年之甚也！干戈之禍愈烈，村市半成邱墟。問為漳、泉而至此乎？無有也。問為閩、粵而至此乎？無有也。蓋孽由自作，釁起鬩牆，大抵在非漳泉、非閩粵間耳。

自來物窮必變，慘極知悔。天地有好生之德，人心無不轉之時。予生長是邦，自念士為四民之首，不能與在事諸公竭誠化導，力挽而更張之，滋愧實甚。願今以後，父誡其子、兄告其弟，各革面、各洗心，勿懷夙忿、勿蹈前愆。既親其所親、亦親其所疏，一體同仁，斯內患不生、外禍不至。漳、泉、閩、粵之氣習，默消於無形。譬如人身血脈節節相通，自無他病；數年以後仍成樂土，豈不休哉！

翻譯蒟蒻……

太嚴重了吧，人心的改變，就是從分類開始的！這災禍由匪徒帶頭，後來就像星火燎原無法停止，玉石俱焚（好人壞人都遭殃）。即使是正人君子，也受分類的影響或跟著朋友這樣搞。

人和禽獸各是一類、邪跟正各是一類，這不可不分。但同樣血脈元氣、同樣五官肢體、同樣是國家的良民、同樣是鄉里的好人，不用分地域、不用分族群，這就是子夏所說的四海皆兄弟。何況都共處在台灣這個小角落，想想一起出門一起回家要互相友愛的道理（這孟子說的），這就是古聖賢所說的同處一鄉共耕一片井田（周代農業制度）的情況啊。從字義上看，友的字形是兩個手、朋的字形是兩個肉。就是說朋友像是身體的左右手，就是我身上的肉。你現在試試看抓個路人跟他說：「你自己砍自己的手、你自己吃自己的肉。」路人一定翻臉。那麼為什麼現在分類械鬥到了如此極端呢？

回顧分類械鬥的禍害，台灣最嚴重，台灣裡尤其淡水廳的新莊艋舺最嚴重。台灣有各地移民雜居，從林爽文作亂以來，有分福建、廣東的，有分漳州、泉州的。福建、廣東是因為不同省，漳州、泉州是因為不同州。但是同樣從內地遷移而來，就同樣是台灣人而已。現在因為不同省、不同州硬要分區域，這是王法一定要誅殺的。何況同樣是一州的，竟然也要像秦國、越國一樣區分彼此（指頂下郊拚中，泉州不同縣的互鬥），真是變本加厲，這豈不是怪中之怪嗎？人要先愛親人才能愛陌生人。同居一州，就像同屋子的兄弟，這是至親啊。竟然同室操戈，這樣又怎麼能由親人到陌生人，去愛隔壁州的漳州人、去愛隔壁省的廣東人呢？淡水廳向來是敦厚古樸的地方，新莊、艋舺尤其是菁華聚集的區域，遊歷到這片土地的，都嘖嘖嘖地咂嘴羨慕。自從分類械鬥興起，元氣剝削殆盡，從來沒有像去年這麼嚴重的！戰火的禍害愈演愈烈，村莊城市有一半變成廢墟。如果問說為了漳、泉的區別至於這樣嗎？沒有吧。如果問說為了福建、廣東的區別至於這樣嗎？沒有吧。都是自作孽，兄弟吵架結仇，大概不是因為漳泉的區別、也不是因為福建廣東的區別吧。

自古以來事物窮盡就會改變，慘到極點就知道悔改。天地有愛惜生命的美德，人心沒有不能轉變的時候。我生長在此地，我想讀書人是士農工商之首，不能跟執政的官員們盡力教化百姓，努力挽回改變風氣，實在非常愧疚。願從今以後，爸爸告訴兒子、哥哥告訴弟弟，各自改變面目、各自洗淨心靈，不要懷抱舊恨、不要再犯同樣錯誤。要愛親人、也要愛陌生人，一視同仁，這樣內患就不產生、外禍也不敢來。漳、泉、福建、廣東爭鬥的惡習，默默消失於無形。就像人的身體血脈節節通暢，自然沒有別的毛病；這樣幾年以後仍會成為一片樂土，豈不是很棒！

雙馬尾史前怪人洪棄生的〈鹿港乘桴記〉——兼與朱宥勳大大商榷

〈鹿港乘桴記〉是一〇八課綱全新課文，基本上就是一個清朝鹿港老人一邊感嘆「今非昔比」，一邊罵當時日治政府的文章。

很多人說這篇選得不好，我個人倒覺得還行。若論「本土性」，我想〈鹿港乘桴記〉很適合帶大家重回現地，體驗這片土地的今昔、檢討「我們是誰」的政治問題。

小弟故鄉彰化線西鄉恰好在鹿港隔壁，也趁此機會跑去踏查了一番，重新認識腳下的這片土地。

另外罵這篇最兇的有朱宥勳的Youtube影片〈先知道他在胡說八道，然後才會讀懂：洪棄生〈鹿港乘桴記〉〉，我認為其中有好幾處問題需要討（ㄉㄠˇ）論（ㄇㄚˋ）。只想看到血流成河的同學可跳到第三節，看我殺他個片甲不留（開玩笑的，我很ㄘㄨㄚˋ）。

鹿港的前天、昨天、今天

〈鹿港乘桴記〉常用寫景的方式寫鹿港情況，但大家沒概念當時市容的狀況，恐怕搞不清楚到底在說啥，就算去翻課本注釋也常語焉不詳。以下讓我用我ㄉ靈魂示意圖簡單跟大啊解釋一下洪棄生所見的清代、日治鹿港，也介紹一下這些景觀此時此刻長怎樣。

課文第一句談街景，為什麼說「有亭翼然」（有像翅膀的亭子）、「暑行不汗身、雨行不濡履」（夏天不流汗、雨天鞋子不沾溼）？其實這裡所謂「亭」就是指鹿港老街的屋頂，因為有屋頂，當然是不會熱、也不會淋到雨，故號稱「不見天街」。

這個亭是為了防風沙而建，大家如果冬天去西部沙灘就會體驗到海風超冷、滿嘴吃沙、皮膚被沙子一直鞭打的頂級快感。屋頂有的部分也會做成平台，可以上去吹風思考人生，當時是男女約會的勝地，真是「在屋頂唱著你ㄉ歌、在屋頂和我愛ㄉ人」，優質浪漫na。

但因為整條街蓋得密不透風，像條隧道一樣，大白天也要開燈，更因悶濕造成衛生問題。有日本人記錄：「走在路上撲鼻而來的是以醬油燉煮豬肉的味道混合著香煙繚繞的奇特氣味（好想聞聞看喔，但要是住在那感覺超不舒

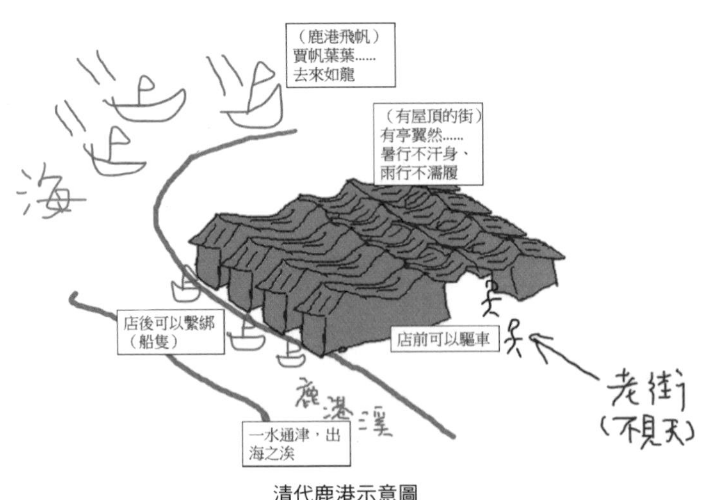

清代鹿港示意圖

服）。此外道路上鋪設著磚塊，相當容易滑倒。」因此在洪棄生死後第五年就遭到日本人強制拆除。對比課文末段：「猶幸市況凋零，為當道所不齒；不至於市區改正，破裂闤闠、驅逐人家以為通衢也。然而再經數年，則不可知之矣。」可說是不幸言中了。

所以現在去鹿港老街，會看到有的老宅後面是清朝的中式建築、前面是日治的西式建築，就是因為前面被迫拆掉重蓋了，本來應該是有屋頂連接對面的。

接著是河港「一水通津（港），出海之涘（岸）」，所謂「一水通津」指的是鹿港溪。如圖所示，鹿港溪通向大海，鹿港老街當年即沿溪而建，所以後有「店後可以繫榜（綁船隻）」一句，貨物在靠溪一側卸下、在靠街一側直接販賣。所謂「一府二鹿三艋舺」的全台樞紐，就在這裡運轉。

到洪棄生青年時代「通海之水已淺可涉矣……以竹筏運赴大艑」就是說鹿港溪淤積變淺，船隻已不能直接衝到「店後」卸貨，而需要靠竹筏轉運。

現在去看鹿港溪（舊港溪），已經只剩一條排水溝的大小，整治為「親水廊道」，但又小又臭，基本上沒人在走。溪流距離老街有數百公尺，可以想像這幾百公尺大概就是全盛期溪水的寬度。

而如今的鹿港老街雖然仍然熱鬧，但只是在賣一些玩具、小吃，全然不見當年貿易中心的氣派，大家都只是來玩的，沒有人是來談生意的。唯有林立的精緻清代廟宇，訴說著當年的奢華。

然後說「估帆葉葉（商船很多），潮汐下上，去來如龍，貨船相望」，即後文「鹿港飛帆」，帆走如飛，可見當年泥沙未淤積時海上交通的通暢，在當時也被譽為「彰化八景」之首。

此景到洪棄生時已不可見，「海艫之來，止泊於沖西內津」，「沖西內津」是原本的港口淤積廢棄（向時估帆所，時已淤為沙灘，為居民鋤作菜圃矣）後，在其外數公里處另造的新港。除了沖西港，船隻也常常改在鄰近的芳苑停靠。

到日治時期因為開始對清國徵收關稅（以前同一國當然不用）等原因，台灣對中國的貿易比例、總額都經歷一大段衰退時期，漸漸變成以對日貿易[1]為主。鹿港的港口優勢本來就在於「最靠近廈門」，對此變化自然首當其衝。之後縱貫線開通未經鹿港，更是連島內轉運中樞的地位也失去。

這就是洪棄生所謂「海關之吏猛於虎豹，華貨之不來者有之矣。洎乎火車之路全通，外貨之來由南北而入，不復由鹿港而出矣」，於是港口終於呈現「無懋（貿）遷、無利涉，望之黯然可傷」的蕭條景象。

據說舊港就在「日茂行」前面，如今去看已是一大片平地，有屋舍道路，看不到海，真是字面意義上的「滄海桑田」。腳下嚴實的土地曾經是一片汪洋，數百噸的大船來去如飛，情隨事遷，感慨系之矣。

現在的鹿港，已經剩下一個很小的漁港在進出船隻了。小弟小時候常常騎腳踏車去那附近看海。

最後簡單說一下鹽田。鹽田是日治時期辜顯榮（不認識的自己Google）帶頭蓋的，使鹿港一度成為台灣產鹽量最高的地區，但其實鹿港地形沒那麼合適（泥沙太多），後來就被南部取代。

客觀來說，鹽田應該是鹿港人復興鹿港的一次絕望的努力，洪棄生批評說只

1 許世融〈關稅與兩岸貿易1895-1945〉。

是「以供官府之收厚利而已」未免小看了鹿港人自身的能動性。至於鹽田導致洪災之說，我沒查到相關資料，不知道是否有道理，有待災防學者見教。

現在看那一片區域，已經剩下魚塭、農田、荒地，只有「鹽埕巷」這個地名提醒我們它曾經的掙扎[2]。

我對鹿港過去繁華的理解完全來自資料，對比今昔，猶有感傷。況洪棄生身為本地人，親眼見證由盛轉衰的過程，心中的無力、悲痛、怨恨，可想而知。「滄桑時之可怖心，類如此也。」

是洪棄生胡說八道還是朱宥勳胡說八道？

感傷的說完了，要來點刺激的了。

如果在Youtube上搜尋「鹿港乘桴記」，第一支影片就是「文壇戰神」朱宥勳對本課文嚴厲的批評。他說：「如果真正要發揮〈鹿港乘桴記〉的價值，你就要先承認一件事，那就是洪棄生從頭到尾都在胡說八道。」

以下，容我指出三個地方，說明「胡說八道」的人，其實是朱宥勳。

〈開戰之前讓我先孬一下：我其實滿欣賞朱宥勳到處罵人的戰力，雖然很多時候不同意他的看法，但還是相信他

2 之前好像弄過一個鹽業博物館，但已經關門了，可能是疫情的關係。

的存在對國文教育跟文壇都很有意義，他的觀點也給過我不少啟發。）

首先他引用「迄於今版圖既易……不敢由鹿港來也」一段，並批評洪棄生所說「因為日本人來了，所以鹿港才會沒落」的論述「不是全部的真相」，而前段「鹿港通海之水已淺可涉矣」所說的泥沙淤積「才是鹿港的問題根源」。他的結論是洪棄生「明明很清楚，只是硬要罵日本人」。但我認為這個說法有兩個問題：

第一個是洪棄生從來沒說過「日本人造成沒落」是「全部的真相」，批評這個完全是在打稻草人（一種邏輯謬誤，指胡亂編造對手的論證再加以攻擊）。

第二個是日本人確實是造成鹿港沒落的重要原因之一，很難說洪棄生是沒道理地「硬要罵」。上節提到徵收關稅導致對中貿易減少、縱貫火車開通導致樞紐轉移，都是日本統治造成的影響，也確確實實是鹿港沒落的理由[3]，要否認這些衝擊，就像是拿刀捅死一個老人，然後說「阿他本來就有高血壓啊」。

因此若說洪棄生帶著鹿港本位的狹隘觀點批評日本（畢竟鹿港對中貿易沒落，但其他人對日貿易卻發達了）則可，卻很難說他完全是胡說八道。

朱宥勳第二個罵的是洪棄生說日本「以學校聚奴隸」。他舉出洪棄生兒子在北京大學念書的證據，說明洪棄生「其實知道現代學校的必要性」，只是討厭日本人而已，「很明顯完全是在亂罵一通」。這裡一樣有兩個問題：

首先洪棄生的兒子洪炎秋讀北大不假，卻不能證明洪棄生認同現代學校。實際上，洪炎秋跟他爸關係非常緊張，他因為嚮往西學，從小自己偷看日本學校的課本，十六歲甚至偷爸爸錢溜到日本讀中學（學霸的叛逆，就是這麼樸實無華……），讀了三個學期才因沒錢而回家。因此，讓洪炎秋念北大很可能只是洪棄生的「妥協」，免得他這個兔崽子又亂偷錢去「認賊為師」，而並不能解釋成洪棄生「認同現代學校」。何況當時洪炎秋已經二十四歲了，洪棄生根本攔不住他。

其次，退萬步言，殖民地的現代教育與自己國家的現代教育，恐怕也有本質上的區別。台灣人當時只能讀醫學、農學之類實用學科，不鼓勵思考政治、主張權益，這可是跟北京大學的帶頭作亂傳統（當時五四運動已經發生過了）截然相

3 鹿港之沒落，成因頗複雜，且清代經濟史料簡陋，難以稽考。除前述港口淤積、日治衝擊之外，另有清代強制賠錢運米等說。到底何者算是「問題的根源」，小弟研究能力不足，有待經濟史專家見教。

反的。所以如果洪棄生硬要主張「北京大學生不是奴隸、台北帝國大學生是奴隸」其實也是有理由的。

因此朱宥勳考證不詳、分辨不精，朱宥勳才「完全是在亂罵一通」。

最後一點，朱宥勳引用洪棄生罵火車的詩〈鐵車路〉（內容是說火車很危險），作為洪棄生無腦反日的證據，說他「討厭所有日本人帶來的東西」。

這一點是朱宥勳鐵一般的考證錯誤。〈鐵車路〉出自《洪棄生先生遺書・謔蹻集》，該集明確標注寫於「乙未以前」，即日治以前，也就是說洪棄生罵火車根本不是在罵日本人，完全是在罵清朝！您還記得嗎？鐵路並不是日本人帶來的喔！國中歷史課本有教喔！

建議朱宥勳大大在指責別人亂講之前，先把功課做好，以免「罵別人罵自己」。

其實總的來說，朱宥勳認為洪棄生對日本人的批評流於情緒、甚至有反現代化的傾向，這些都值得好好批判檢討，這個大方向我是完全承認的。甚至寫這篇之初我也是立刻去重看他的影片當作參考，深受啟發。

但我認為朱宥勳一直以來都有下結論太快、太武斷的毛病，導致我每次看完他的觀點都要再回去查資料驗證，很不方便。希望大大下次自己查清楚資料，這樣我在課堂上放你影片的時候比較放心。

這邊也誠摯邀請朱宥勳大大來對罵指正，相信不失為一段君子之爭。如果有高中生在看，也算示範「思辨」、「我思辨你的思辨」、「思辨你對我思辨的思辨」的有趣案例。

然後剛剛語氣中有過分的地方，都是節目效果，這邊跟您道歉，對不起。望您大人有大量，不要太計較。

不裝電燈的雙馬尾史前怪人洪棄生

最後談談洪棄生這個人吧。

我覺得洪棄生就是那種才華很高、個性很怪，遠看會覺得這個人好酷好屌，但絕不會想跟他一起生活的那種人。

根據他兒子洪炎秋的記載，洪棄生為躲避日警剪他辮子，躲在家好幾個月，最終被闖入暴力強剪，「其後卻並不推剪，仍留其半，而由兩旁作細辮科頭（這是……雙、雙馬尾?!）為不古、不今、不中、不外的一種獨出心裁的編髮」。然後「日日穿他那早過時代的寬博長掛，袖寬一尺有奇，手搖大蒲扇，臃腫過市，見者無不怪視」。

洪棄生「不但痛恨日本人，凡是日本人的所作所為，無不厭惡……鴉片煙，他照抽不誤……他坐火車、打電報、寄郵件，因為他認為這些玩意兒，早由劉銘傳創辦過了；但是，他一直到他去世，不肯安裝電燈，因為他認為這是日本人來了後新設的東西」[4]。

洪棄生造型想像圖

不古不今不中不外
但男女老幼

洪炎秋[5]有這樣一個超怪迷之執著老爸，童年當然十分痛苦。「每天從早到晚，關在家裡讀經史」，早上背書、晚上寫作文，做得不好要打罵，一週七天，沒有假日，簡直是史前以馬內利寶寶[6]。「每天看到左鄰右舍的孩子們結隊登校，成群下學，心裡時常有一種說不出的被遺棄的孤獨感。」[7]

洪炎秋極其上進，即使叛逆竟然也是偷錢跑到日本念書，後來成為《國語日報》社長，並與國民黨合作選上立委。但他哥哥洪棪材就受不了，遂逃學、賭博、酗酒，長大之後還虧空公款潛逃，害洪棄生（當他保人）被抓去關。按照

---

4 三段話分別引自〈辮髮茶話〉、〈詩人洪棄生先生的剪影〉、〈我的自學進修經驗談〉。然後其實劉銘傳時期台北就出現過電燈了，只是沒多久又收掉了。

5 順便一提，朱宥勳所謂「介紹佐藤春夫給洪棄生但遭拒的朋友」不是別人，正是洪炎秋本人。而且朱講這個故事也有兩個錯：第一佐藤春夫是被拒的隔天才看到詩集，後來才有「漢文的波特萊爾」這個評價；第二洪炎秋被拒絕一點也不緊張，他本來也是沒抱什麼希望，全世界沒人比他了解他老爸的怪（洪炎秋〈佐藤春夫筆下的鹿港〉）。我說朱大哥，你到底有哪句話是真的啊？？豬大哥沒有死的可信度都比你高。

6 新聞以馬內利補習班國小兄妹每天只睡六小時，吃飯只能在車上吃，並宣稱他們「樂在其中」。

7 洪炎秋〈童年生活的回憶〉。

現在的教育常識，這樣長大的孩子，要嘛太焦慮勉強自己、要嘛自暴自棄放棄人生，本案正好一邊一個，而且親子關係都很糟。

於是「台灣詩史[8]」、「漢文波特萊爾」，最後在他兒子眼裡是這樣的：「我父親恃才傲物，不通人情，一切行動，全以自己做中心，不管旁人的死活，又把抽大煙（鴉片）、養外家（小三）這類的腐敗享受，視為當然的權利，叫我們後輩不敢恭維。」[9]

大清遺民與中華民國遺民

洪棄生為了「民族大義」堅持不剪髮，今天看起來當然有點滑稽。「滿清」跟「日本」按理來說不都是「韃虜」、「蠻夷」嗎？就算要搞種族歧視，也沒有那麼雙標的吧？

但從他堅持傳統的角度出發，大概也能理解，他其實別無選擇。「長嘆無天可避秦，中華遠海總蒙塵。本為海島埋頭客，更變伊川披髮人。」即使是「中華民國」也是「崇洋媚外」的「西化」產物。

傳統一去不返，世間再無中華。洪棄生的祖國已經永遠消失在歷史的塵埃之中，他只能作為一個失根的老頑固，才能存在。

再看今日，其實我們身邊也有類似這種意識型態的人，對他們而言，「中華民國」恐怕也已經名存實亡。作為「中華民國」的「遺民」，其內心的糾結與失落，也許不亞於洪棄生。

從這個心情來理解，就能同理他們的政治選擇，有時會為了一線希望而狂熱、甚至有時會倒向曾經的敵人。

洪棄生用非常強硬的態度決定自己是誰，並為此付出相應的代價。我個人雖然很難認同他的立場，卻對他的倔強肅然起敬。

而我們自己，是否已經想清楚自己是誰、準備好付出相應的代價了呢？

8　其實我還滿喜歡洪棄生的詩的，節錄他的〈役夫嘆〉：「飢暍受鞭扑，不異犬與雞。毒癘中人身，仆地爛如泥。一死無消息，望絕母與妻。來時斂金錢，比閭供行李。死者不求生，生者且困死。骨積空山坑，淚滿濁溪水。」是不是真的很有「詩史」杜甫〈兵車行〉那種感覺，潮濕的氣味跟腐爛的顏色撲面而來，虐待、眼淚、鮮血、白骨、絕望和掙扎，啊嘶～

9　洪炎秋〈設身處地為孩子〉。

鹿港乘桴記

洪棄生

古人說……

樓閣萬家，街衢對峙，有亭翼然。亙二、三里，直如弦、平如砥，暑行不汗身、雨行不濡履。一水通津，出海之涘，估帆葉葉，潮汐下上，去來如龍，貨船相望；而店前可以驅車、店後可以繫榜者，昔之鹿港也。人煙猶是，而蕭條矣；邑里猶是，而泬寥矣。海天蒼蒼、海水茫茫，去之五里，涸為鹽場，萬瓦如甃、長隄如隍，無懋遷、無利涉；望之黯然可傷者，今之鹿港也。

昔之盛，固余所不見；而其未至於斯之衰也，尚為余少時所目睹。蓋鹿港扼南北之中，其海口去閩南之泉州，僅隔一海峽而遙。閩南、浙、粵之貨，每由鹿港運輸而入；而臺北、臺南所需之貨，恆由鹿港輸出。乃至臺灣土產之輸於閩、粵者，亦靡不以鹿港為中樞。蓋藏既富，絃誦興焉；故黌序之士相望於道，而春秋試之貢於京師、注名仕籍者，歲有其人，非猶夫以學校聚奴隸者也。而是時鹿港通海之水已淺可涉矣，海艟之來，止泊於沖西內津；之所謂「鹿港飛帆」者，已不概見矣。綑載之往來，皆以竹筏運赴大艑矣。然是時之竹筏，猶千百數也；衣食於其中者，尚數百家也。迄於今版圖既易，海關之吏猛於虎豹，華貨之不來者有之矣。洎乎火車之路全通，外貨之來由南北而入，不復由鹿港而出矣；重以關稅之苛、關吏之酷，牟販之夫多至破家，而閩貨之不能由南北來者，亦復不敢由鹿港來也。

鹽田之築，肇自近年。日本官吏，固云欲以阜鹿民也；而其究竟，則實民間之輸巨貲以供官府之收厚利而已。且因是而阻水不行，山潦之來，鹿港人家半入洪浸；屋廬之日就頹毀，人民之日即離散，有由然矣。

余往年攜友乘桴游於海濱，是時新鹽田未興築、舊鹽田猶未竣工；余亦無心至於隄下，臨海徘徊，海水浮天如笠，一白萬里如銀，滉漾碧綠如琉璃。夕陽欲下，月鉤初上；水鳥不飛，篙工撐棹。向新溝迤邐而行，則密邇鹿港之舊津，向時估帆所，時已淤為沙灘，為居民鋤作菜圃矣。沿新溝而南至於大橋頭，則已挈鹿港之首尾而全觀之矣。望街尾一隅而至安平鎮，則割臺後之飛甍鱗次數百家燬於丙申兵火者，今猶瓦礫成邱，荒涼慘目也。猶幸市況凋零，為當道所不齒；不至於市區改正，破裂闤闠、驅逐人家以為通衢也。然而再經數年，則不可知之矣。滄桑時之可怖心，類如此也。游興已終，舍桴而步，遠近燈火明滅；屈指盛時所號萬家邑者，今裁三千家而已：可勝慨哉！

翻譯蒟蒻

樓閣萬家，街道相對，有像翅膀的街路亭。長街綿延二、三里，筆直得像弓弦、平順有如磨刀石，熱天行走不會出汗、雨天行走也不會濕鞋。有一條水道通向港口，在岸邊出海，商船一艘艘，隨著潮汐上下擺動，來去快如游龍，貨船林立對望。店門口可以駕車、店後面可以綁船隻，上述這是過去的鹿港。人煙還在，但變蕭條了；鄉鎮還在，但變寂寥了。海天湛藍蒼蒼、海水廣闊茫茫，離海五里的地方，乾涸成為鹽場，萬片屋瓦形同擺設、漫漫長堤如同圍城，沒有貿易往來、沒有利益交涉，看了令人黯然神傷，這是今天的鹿港。

過去的繁盛，我沒能見到，但鹿港還沒到這般衰弱的時候，我年輕時還曾目睹。因為鹿港扼守台灣南北的中心點，鹿港海口距離閩南的泉州，只隔一個海峽的距離。閩南、浙江、廣東的貨物，都是由鹿港輸入；而台北、台南所需的貨物，總是由鹿港輸出。甚至台灣土產要輸出到福建、廣東的，也全都以鹿港為中樞。因為積累得很富裕，教育就很興旺，所以私塾的讀書人在路邊都能互相看見，進士舉人考試被推舉到京師的人、名列於官員名單的人，每年都有，不是像用學校聚集奴隸的那種（在偷罵日治學校）。這時候鹿港通往大海的水道已經淺得可以徒步走過，所以海中大船只能停在沖西港，以前所謂「鹿港飛帆」的景象，已經看不見了。往來捆運貨物，都要用竹筏轉運到大船了。但此時的竹筏，還有數千艘，靠竹筏轉運吃穿的，還有數百戶人家。到今天版圖已經改變（指割讓為日治），海關官吏比虎豹更凶猛，中國貨不來已經有段時間了。到了火車全通的時候，外地貨物只會從南北輸入，不再從鹿港輸出了；加上關稅的苛刻、關吏的酷烈，做生意的人多半破產，而福建貨不能從南北輸入的，也不敢再從鹿港來了。

建造鹽田，是近年才開始。日本官吏，固然說是要讓鹿港人民富有，但說到底，其實是從民間輸送大量資金供應官府收取豐厚利潤而已。而且因為鹽田阻擋了水流，山洪暴發時，鹿港有一半的人家都被洪水淹沒。屋舍日漸傾頹毀壞，人民日漸離散，都是有緣由的。

我往年帶朋友搭小船在海邊遊覽，那時新鹽田還沒開始蓋、舊鹽田也還沒蓋好。我無意間去到了海堤下，臨海徘徊，天空浮在海上像隻斗笠，海面反射出白色日光萬里都像是銀子一樣，海水波濤蕩漾碧綠得如同琉璃一般。夕陽快要西下，月鉤剛剛上來，水鳥停著不飛，有船夫在撐槳。向著新溝緩緩而行，就靠近到鹿港的舊港口，以前商船所在之處，此時已淤積成沙灘，被居民鋤地當作菜圃了。沿著新溝向南到大橋頭，就已經掌握鹿港的頭尾全部看完了。看著街尾的一角來到平安鎮，則是當年割台後數百間華麗房屋一夕毀於丙申年戰火的地方，到今天還是瓦礫堆成的小山，看一眼就感到悽慘荒涼。不過幸好鹿港現在市況凋零，被當權者不屑，才不至於強制市區改正，破壞街道、驅逐人家來建大馬路。然而再經過幾年，就不知道了。時間滄桑有時讓人感到恐怖，大概就像這樣吧。遊興沒了，捨棄小船步行，遠近燈火明滅，算算全盛時鹿港號稱萬家城鎮，現在減少到三千家而已，怎麼感慨得完呢！

〈畫菊自序〉作者到底誰啊？——沒有故事的女同學張李德和與她的馬屁人生

古文及翻譯蒟蒻詳見P344

這是古文十五篇的最後一篇，也大概是我寫到最崩潰的一篇，真是窮盡我的研究能力都沒有找到任何想寫的東西。

其實張李德和的人生算是很豐富的，她是十五篇作者裡唯一的女人、唯一一個中華民國議員、台灣重要畫家、詩人、醫院經營者、慈善家、九個孩子的媽，這麼多亂七八糟的頭銜，可是我、可是我、可惜我愣是沒有找到一點點好笑的東西可以寫！

以下，還是讓我展示我淺薄的研究成果與崩潰的心路歷程：

尷尬的政治（不）正確之作

〈畫菊自序〉大概只有現役高中生、大學生有讀過。她是一〇八課綱才選入的，為了湊齊三篇台灣作家而放進來的作品，另外又加了個女性的政治正確buff。但說實話這篇就真的很普，作家朱宥勳都說是篇「廢文」、「寫得彆扭」，並呼籲改選別篇。

文章是她畫了一幅菊花，然後寫了篇短文說明。大概是說：人有各種的天賦，如詩畫音樂等，我在相夫教子之餘，喜歡陶淵明菊花的氣節，所以畫了菊花，最後自謙畫得不好云云。文字上就是滿公式化的駢文筆法，不算很糟但就那樣（我這邊是用課文的標準要求，如果要跟我抬槓「不然你來寫啊！」我就……就承認我文言文會寫得比她更爛）。

唯一的特色就是符合「女性視角」。她特別提到兩個女性藝術家，音樂家蔡文姬（對！就是三國遊戲會用到的那個人）、畫家管道昇；還說到自己要優先相夫教子，完成任務才能畫畫。我想這也是這篇入選的理由。

但給人的感覺就是一種「噢我們要弄一個女的進來」，卻似乎沒考慮到她「相夫教子」的觀念適不適合在現代作為「性別議題」的代表。我們要鼓勵女同學在「停機教子之餘」才發展自己的專長嗎？

除了主旨無聊過時、文字普通之外，更尷尬的是張李德和整個人跟陶淵明「不為五斗米折腰」的形象幾乎背道而馳。常常拍日本人、國民黨馬屁不說，寫這篇的隔年她就跑去選省議員而且當選了，令人十分無語，說好的「勁節長垂」ㄋ??

當然我也不是要說她是什麼偽君子，只是更顯得這篇確實是隨手套公式一寫，不算表達太多真情實感。要了解她的故事，我們還是從頭開始說起吧！

富四代小公主張李德和

張李德和老家在雲林，她家最輝煌的是她阿祖那一代，她伯祖李朝安在清朝當到「台灣水師協副將」，「副將」聽起來不太霸氣，但其實已經是當時台灣水軍的最高職位，算是台灣海軍司令，參與平定過戴潮春、林恭民變。

然後他們家就一路有錢下來，張李德和兩歲的時候台灣割讓、六歲上私塾[1]、十歲上公學校[2]（日治時期給台灣人念的小學）。

她上公學校的時候，學校才剛草創，連老師帶校長只有四個人。校長是日本人，老師中有一個就是她表姑、另一個是她爸、還有一個是她爸的同學，可以看出來他們家在當地確實是「文化霸權」了。不過我很難想像，這種至少有一半老師都盯著自己的學校生活是什麼心情……

之後她北上又念了三年女校[3]，十七歲回到雲林當國小老師[4]，十九歲嫁到嘉義，不久後就辭職去幫老公經營醫

院了。

看這段的時候，我其實想找看看，有沒有他們家抵抗日本人的神勇事蹟啦、或是相反像是辜顯榮開城門[5]那類的紀錄，又或者她家在雲林多麼隻手遮天[6]之類的，但就沒有，嗯。把拔、姑姑都是親生的老師的有趣小故事呢？嗯，也沒有。

---

1 當時台灣約有三萬位私塾學生，其中女性只有六十五位，只占百分之零點二，可見他們家除了有錢讓她念書，也比絕大多數有錢人更重視女性。更離奇的是她那個私塾是她表姑姑開的，上私塾的女生已經很少，她姑姑這種女教師絕對是極其極其罕見的。另外張李德和的阿罵甚至幾度想讓她練武術，在在體現她的家族對女性相對友善的情況。

2 西螺公學校，今雲林中山國小。

3 台北第三高等女學校，今中山女高。

4 斗六公學校，今雲林鎮西國小。嫁人後改任教於嘉義公學校，今嘉義崇文國小。

5 日本接收前台北城陷入混亂，辜顯榮代表仕紳前去迎接日軍進城，因此被部分人視為漢奸。

6 只有找到說他爸是西螺信用組合（今農會）第一屆理事（有點類似地方銀行的股東，表示是真的滿有錢的）、西螺街協議會（花瓶單位）議員，然後他弟後來是第一任民選西螺鎮長，任內西螺大橋完工。嗯。

琳瑯山閣與馬屁精

嫁人之後，她一邊幫忙經營丈夫的醫院，一邊陸續生養、教育九個小孩，又在醫院樓上開了一個文青空間，叫做「琳瑯山閣」。這裡後來發展成嘉義、乃至全台的文藝重鎮，大家比較熟悉的常客有歷史課本會提到的「台展三少年」林玉山、二二八被槍斃的陳澄波等。

張李德和本人的畫作拿到好幾次「台展」〈半官方的全台最重要美術展〉獎項，作品甚至被總督收藏，被譽為詩、詞、書、畫、琴、棋、絲繡「七絕才女」。

獲獎後張李德和聲名大噪，與日本人關係也越來越好，寫了一些拍馬屁的詩，比如〈歡迎兒玉友雄臺灣軍司令官適有蘭花開放喜甚十一月朔日感賦〉：「滿腹輸誠挹將才，草廬枉駕賞盆栽。花神也解迎尊客，特放幽香一朵來。」前總督兒玉源太郎的兒子來訪，剛好家裡蘭花開，她就說是花神特地開花迎接「尊客」。

之後二戰期間又擔任「保甲婦女團」團長，幫日本人動員婦女做醫護、種菜之類的後勤工作，這也是她後來從政的基礎。

那麼她的藝術水準到底如何呢？

說實話，給我的感覺就跟她課文的水準一樣，不好不壞，中規中矩吧。詩作的強度基本上都跟上引的〈歡迎……賦〉詩差不多，不會說狗屁不通，但也沒有任何讓我驚艷、有記憶點的句子。連給她整理詩文集的江寶釵教授都委婉地說：「為詩造情，價值不高……有著文學評價的焦慮。」

繪畫我不太專業，若只用我純欣賞

者的角度看起來，真的也是沒什麼記憶點。下圖是她〈畫菊自序〉寫的那幅〈東籬爛熳見天真〉跟我隨便找的清初畫作[7]比較，好看是好看，但是不是看不出來有啥特別不一樣的？藝術史學者賴明珠[8]也說：「因狹隘的才德觀及藝術認知限制她的視野，因而戰後她的繪畫無法有突破性的發展。」可見她只是傳承了一些傳統文人畫技巧，並沒有創造出什麼新的東西，甚至看不太出個人的特殊風格。

除了詩畫令我失望，她的感情生活更狠狠澆滅我的八卦魂。刻板印象裡女詩人總是要寫點愛情的吧！但她作為著名才女，寫給丈夫的詩居然就只有一

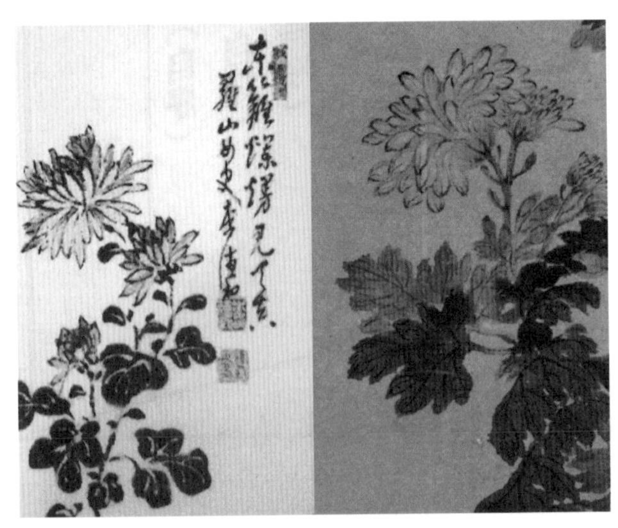

首，而且滿無聊的[9]，她丈夫寫的詩更一首都沒有，他們真的有感情嗎??[10] 然後她作為文藝空間女主人，總令人想到浪漫又淫亂的法國沙龍，美艷風騷的貴族夫人背著有錢但平庸的丈夫，周旋在好幾位風流倜儻的年輕藝術家之間，丈夫在樓下看病、她偷偷在樓上做一些不可描述之事，多麼棒的題材、多麼好的標題啊！

---

7 （右）惲壽平〈菊石圖軸〉（局部），現藏於中國國家博物館。

8 不是翻譯村上春樹的那個人。

9 「桑寄他鄉亦宿緣，從茲遠志學前賢，台疆荊芥繁華地，儉朴普防風注意先」。大概是叫他認真工作、不要亂花錢、注意健康。而且標注「桑寄、遠志、荊芥、防風是藥名」感覺只是在玩鑲嵌文字遊戲，根本沒什麼認真表達感情的意思……

10 其實這件事挺讓人玩味的，她的丈夫張錦燦也是世家子弟，他爸可是個貢生，也教過書，按道理他也要會寫詩的，為什麼從來沒參加過妻子弄的詩會呢？（至少沒留下作品）在當時男尊女卑的社會條件下，妻子的名聲超過他那麼多，還天天把一堆朋友（多半是男的）弄到家裡玩，他真的沒有一點點吞不下去嗎？不過他們連生九個小孩，從二十歲生到四十歲，又能一起工作，似乎也找不到什麼不和諧的證明。這個問題的答案，大概只有觀落陰才能回答了。

11 當然硬要亂造謠也是可以啦，比如說〈呈尚遜大國手〉：「書香奕世妙毫巔，臭味如蘭到處傳。南社鷗朋推卓犖，武巒騷客見飄翩。潘安雅咏誇金谷，何遜高吟傲洞天。花發上林憑摘取，風流不亞小神仙。」、〈按摩笛〉：「沿街吹遍響聲聲，妙手療酸最有情……短笛頻吹到漏遲，自鳴麻痺並能醫。盲人亦具麻姑手，着癢精搔技更奇。」大家可以自己解讀，我就不多說什麼了，我這麼正直的國文老師，絕對不會想歪的。

但是我還是沒有找到任何這種證據[11]，我好難過，我真的好難過……

二二八與馬屁精

二戰結束，國民黨來台，不久後發生了二二八事件[12]。事件中，嘉義是全台衝突最激烈的地方之一，退役士兵、地方宮廟、原住民、乃至嘉中、嘉農、甚至嘉女的學生都組織了反抗活動，結局當然是血流成河。張李德和作為永遠的媚權派，在國軍跨海鎮壓，進入嘉義市的當夜，寫下〈民國三十六年三月十二日夜感賦〉：

吁嗟乎！何來暴黨與蠢徒，禍起蕭墻遠近呼。
招邀逐隊煽民眾，學子茫然為所愚。
……
忽見街頭徬徨勢緊張，旋看國軍銃劍揚。
舉市已行戒嚴令，挽回淑氣保禎祥。

她當時可能不知道，於此同時，她的好友陳澄波[13]剛剛被抓，兩週後就在嘉義火車站被槍決示眾。遠在基隆的大女婿、基隆顏家第二代顏滄海[14]，也剛被關押審訊（後幸運獲釋）。

---

12 怕有不熟悉，或已經忘了的朋友，我簡單說一下。國民黨接管台灣之後，政治、經濟措施都造成了不少衝擊，民怨頗多，終於在一次查緝私菸的衝突後爆發，很多台灣人示威，政府鎮壓之後反激起更大規模武力抗爭，且開始有暴力報復無辜外省人的情況。政府與台灣仕紳弄了「二二八事件處理委員會」想和平解決，一開始確實也逐漸平息，但台灣行政長官陳儀卻還是密電蔣介石派軍鎮壓。軍隊來台後血腥鎮壓台人，造成大量台灣人喪生（一般都估在一到三萬，但爭議頗多，也有只估一千多的），不乏完全沒關聯的人被無差別屠殺，尤其台籍菁英因有組織反抗能力，而被大量剷除。

13 陳澄波為首度入選「帝展」（日本美術最高榮譽）的台灣畫家，說是台灣第一畫家當之無愧，「光復」後擔任參議員。張李德和曾為他典當金飾，資助其赴日參展。事件時，台民兵一度在嘉義水上機場包圍嘉義駐軍，後因國民黨援軍將來嘉義，陳澄波等處理委員會代表帶著水果、糧食，進入機場談判和平解決，卻遭逮捕。

14 「軍法處簽報受理人犯偵訊情形及名冊」（一九四七年三月十一日），〈二二八事件案犯處理之一〉，《軍管區司令部檔案》，國家發展委員會檔案管理局典藏，檔號：A305550000C/0036/9999/8/3/006。

據說她後來因陳澄波的死「備受打擊」[15]，並把陳澄波畫她家的〈琳瑯山閣〉遺作刮掉簽名藏好。陳澄波遺言交代小孩去找張李德和家幫忙，但她害怕被連累而未果。後來她在〈琳瑯山閣〉畫作後註記「（陳）為祖國犧牲矣」，這與陳澄波遺言「為十二萬（嘉義）市民死而不愧」兩相對比，顯得十分諷刺，陳澄波正是為了從「祖國」手下保護市民而犧牲的啊！

而號稱「台灣五大家族」的基隆顏家，也因為部分財產遭國民黨充公[16]、家主被判為「二二八首謀（之一）」，加上礦產漸竭，家勢嚴重衰落。大女婿顏滄海後來一度債臺高築，張李德和為其還債，竟瀕臨破產，被迫賣出住所「琳瑯山閣」。可以說張李德和也算間接的二二八受害者。

雖然如此，但張李德和生命不息，媚權不止。張李德和還是寫了好多大拍馬屁的詩，比如〈恭祝　蔣公總統連任〉：「全民擁護仰才奇，連任佳音大地吹。轟震道飛常爆竹，歡呼聲動溢京師。英明德政稱堯曰，憂樂仁懷擅舜儀。錦繡江山重整頓，反攻勝算待敷施。」我簡直要吐出來……

張李德和後來競選了至少三屆省議員，其中至少有一次競選是代表中國國民黨參選，但只當選了第一屆臨時省議員。後來又競選了第一屆民選嘉義市長並落選。在陳明通（對就是五星市長林智堅的指導教授）的研究中，把她列為國民黨「半山派」的合作者。

她在省議員任內共提案八十三次，問政範圍主要包含嘉義地方建設、扶植產業、教育經費、女性權益等，提案不少、範圍也廣，應該算是滿認真的。

其中女性權益主要集中在弱勢扶助與性交易的防治方面[17]。

可以看出來張李德和的女權主張相當溫和，基本上與主流意識形態相符。從她的詩文中也可看出她保守的一面，比如課文說到自己要在「停機教子之餘、調藥助夫之暇（她老公開醫院）」才敢畫畫；她女兒嫁人時她也提醒她「四德慎毋

15 江寶釵《張李德和詩文集．張李德和生平年表》但除了這個來源，沒找到別的，應該是她訪問遺族所得。

16 順便一提，總統賴清德老家，諢號「賴皮寮」者，那一帶礦業就曾經是顏家的，後遭國民黨沒收了。

17 但這在女性主義流派中也有分歧，有的人是主張性工作合法化，以便政府介入保障其衛生條件、勞權等，我本人算這派。

18 〈長女女英出閣賦此示之〉、〈次女敏英於庚辰蒲節之日出閨賦此以示〉。

違姆訓」、「慎修婦道期無忝」[18]，要女兒遵守傳統三從四德的「婦道」。

嗯，好。

女同學為什麼沒有故事？

總而言之，張李德和整個人就是給我一種「不上不下」的煩躁感。論課文本身，說爛也不至於，說好也說不出來；論家世，有錢，又沒到爆幹有錢，也沒有什麼神奇的故事醜聞之類的；論藝術成就，有一點，但不多，不能說泯然眾人、也不能說引領什麼風潮；論女性權益，頗有努力，但又只是沿著主流順水推舟，稱不上反動父權幫凶、也說不上女性主義革命家；論政治，有點牆頭草但也情有可原，說是人權鬥士她顯然不算、說是黨國鷹犬又嫌過分。

無論從哪切入，都說不出一個好故事，要歌功頌德也不是、要罵她也懶得罵，對敘事者真是極其TMD不友善。

但如果我們從一個「殖民地女性」的角度思考，就又覺得非常合理、而且有點悲傷。張李德和一定是個驕傲又有野心的人啊！在父權社會中，連寫個詩都會被公公懷疑「只恐未嫻烹飪事（阿你會煮飯ㄇ？）」，她偏要大搞詩會、蜚聲全台；在殖民、專制體制下，差一點點就會被朋友、親戚連累入獄、槍殺，她偏要參加選舉、積極入世。這樣一個鋒芒畢露的才女，為什麼不能留下一個好故事呢？

在考慮對她的結論的時候，我無端想起《三國演義》裡司馬懿對孔明的評價：「亮平生謹慎，不曾弄險。」是啊，她看似無趣的人生，其實步步凶險，她怎麼能有故事呢？如果她不是凡事都「不上不下」，小心翼翼地遊走在主流的邊緣，恐怕早已失足墜入萬丈深淵。所以她要謙卑地說自己「停機教子之餘」才畫畫；她要藏好陳澄波的遺作，在後面寫說他「為祖國犧牲矣」。如果她不「平生謹慎」，到時候故事是有了，但那將是一個悲傷的故事、鮮血和眼淚的故事。

她的好友陳澄波，正是那個故事，她再清楚不過了。故事就是衝突，太過殘忍的世界，不允許衝突。

唯願未來的台灣，不論任何出身、任何族群、任何樣貌、任何性別性向、任何夢想，都能自由自在地譜寫自己的故事。

後記

動筆寫這篇之前我向我哥大抱怨對張李德和的不滿（噢當然這不是她本人的錯啦），他的結論是：「雖然張李德和不好笑，但你本人崩潰還滿好笑的。」於是有了這篇包含較多創作心路歷程，略有點後設意味的文章。在這裡感謝葛格[19]提供的靈感。

剛好是這本書的最後一篇，我想確實也是個好時機，跟陪伴我到這的讀者分享創作中的各種心情。學到新的東西會興奮、想到好笑的梗會開心、跟古人共鳴會感動；面對龐雜的資料會痛苦、找不到思路會崩潰。〈蘭亭序〉云：「後之視今，亦猶今之視昔。」我在看課本作者，讀者在看我，不知道諸君是不是也在這本書中感受到一點點我的生命？如果是，我想我那些深夜查資料、寫稿、擺爛的身影，大概都不算孤單。

19 葛格名叫黃彥鈞，是一名優秀的解釋性報導記者，同時是線西國小查資料比賽冠軍。代表作有公視台語台《是按怎按呢講》系列、陳信聰主持的我們的島《好！我來告訴你》系列，大阿可以去看。然後他很中二地說：「我的代表作還沒有做出來。」希望各位看到書的時候他已經做出來ㄌ，祝福他。

作者半夜寫不出來的精神狀況

我好丟臉喔,我好欠扁...

畫菊自序

張李德和

古人說

人為萬物之靈，志有萬端之異。學琴學詩均從所好，工書工畫各有專長，是故咳唾珠玉，謫仙闢詩學之源；節奏鏗鏘，蔡女撰胡笳之拍，此皆不墮聰明，而有志竟成者也。

若夫銀鈎鐵畫，固屬難窺。儷白妃青，亦非易事。余因停機教子之餘，調藥助夫之暇，竊慕管夫人之墨竹，紙上生風；敢藉陶彭澤之黃花，圖中寫影。庶幾秋姿不老，四座流芬，得比勁節長垂，千人共仰，竟率意而鴉塗，莫自知其鳩拙云爾。

翻譯蒟蒻

人是萬物之靈，志向有萬般的差別。學琴學詩都是跟從喜好，擅長書法擅長畫圖各有專長，所以像是咳出了珍珠美玉一樣，謫仙李白開闢了詩學的源頭；彈奏出鏗鏘的節奏，蔡文姬就寫出了胡笳的音律，這都是不浪費聰明，而有志竟成的人。

像銀鉤鐵畫的書法，固然難以理解奧妙；搭配白色青色的顏料畫畫，也不容易。我藉由織布教孩子的冗餘時間，還有調藥幫助丈夫（她老公是醫生）的閒暇時光，偷偷仰慕管道昇的墨竹圖，能讓紙面彷彿吹起了風；斗膽藉著陶淵明的菊花，在圖中描繪菊花形影。希望能讓菊花秋天的姿色不老，滿座流溢芬芳，讓菊花堅韌的風骨永垂不朽，千人共同景仰，所以竟隨意塗鴉，不自知自己的笨拙。

跋

有很多要感謝的人。

首先要感謝好人出版總編。他在我人生低谷的時候發現了我的作品，熱情邀請我出書，當時的我真的很需要這份肯定。甚至之後我拖稿長達半年多，他也沒有放棄我和這本書，謝謝他。

要感謝好人出版社的大家，編輯麥莉、行銷Mindy、美編Dinner，她們的敬業與對書的熱愛完整了這本書，讓這本書能用最好的姿態送到讀者面前。

要感謝繪師Affea，他的迷因圖完美還原、甚至超越我的想像，他超棒。

要感謝我的家人。我的哥哥是我大部分文章的第一位讀者，跟他的討論很能激發我的靈感，為這本書增色不少，謝謝他這一年多提供的意見以及陪伴和鼓勵。感謝我爸媽，他們雖然對我不讀書跑去寫書稍有一點點微詞，但還是給我充分的空間與必要的經濟支持還有愛，謝謝他們。

要感謝我的老師范宜如，如果沒有她出的作業、並鼓勵我發表，就沒有這本書。要感謝我的指導教授李清筠老師，她放任我丟著論文不寫，說是「著書立說」比較重要；之後我厚著臉皮請她為這本書提供一些學術意見，她竟慨然應允，給了我不少指正，非常謝謝她。

要感謝教過我的所有老師，特別是國小老師黃淑華、王秀琲，謝謝她們訓練演講時逼我寫了很多作文；還有國中老師李佳芳，謝謝她的放任與偏愛，這對當時的我來說很重要；以及政大中文系、師大國文所的師長們，雖然我時常蹺課、上課摸魚、沒帶課本（吼唷中文系課本很重啦！），還是在課堂上學到很多文本分析與研究的技術，謝謝他們。

要感謝我教過的學生，他們是我假想的對話對象，他們對我的友善與熱情讓我有勇氣寫出這本書，祝福他們一切順利。特別感謝我的學生「活網小百科」蘇詩晴，她為本書提供了寶貴的高中生視角還有一些笑點上的專業意見。

要感謝知道我要寫書的幾位朋友，他們都跟我說會買，謝謝他們，我會去檢查你們買了沒。謝謝詩人蔡知臻學長[1]，提供了我很多出書的建議，緩解了我的害怕。也謝謝已經沒那麼熟的朋友，我會記得你們的好，希望你們都平安。

感謝我的摯友S，希望他平安快樂。

也要謝謝我自己，辛苦窩老人家了。

最後說點心裡話吧。

雖然序中我信誓旦旦地推薦本書，說得好像自己對國文、乃至對世界與自身都很篤定的樣子，但其實我本人對這一切都滿迷茫的。不確定國文教學的意義，不知道這本書對讀者有什麼幫助，不明白自己活著要幹嘛。

也許就像警語裡說的，表達總是扭曲、理解總是侷限，人生總是這樣迷迷糊糊地前進吧。

有個關於尼采的都市傳說大概是這樣說的：

「尼采在精神病院中遇到一位女病友，女病友說：『我讀過你的書，在你的理論中，像我這樣軟弱的人根本沒有活下去的資格對嗎？』

尼采於是很痛苦地握住她的雙手說：『噢！我親愛的朋友，請不要這樣誤解我！』因為尼采自己就是精神病患，自己就是正在經歷脆弱的人，而遠遠不是自己筆下的超人。」

我不太懂尼采，但這個故事有點像我的心情。我好像很有自信地在嘲笑古人、很有自信地在教國文，但其實我大多數時候都比古人更軟弱、比學生更無知、比在座的讀者更不知道自己在幹嘛。

總之感謝居然還有讀者一路看我胡言亂語到這篇跋語，小弟不勝受恩感激，臨稿涕泣，不知所云。

1 著有詩集《憂傷對話》、《品味》，有興趣ㄉ同學可以看看。

i 生活 40

迷因國文：我的108課綱古文15篇哪有這麼可愛！

作　　者　黃星貿
插　　圖　Affea
封面設計　Dinner illustration　內文排版　游淑萍
責任編輯　巫芷玲　行銷企畫　呂玠忞　總編輯　林獻瑞

出 版 者　好人出版／遠足文化事業股份有限公司
　　　　　新北市新店區民權路108之2號9樓
　　　　　電話02-2218-1417　傳真02-8667-1065
發　　行　遠足文化事業股份有限公司（讀書共和國出版集團）
　　　　　新北市新店區民權路108之2號9樓
　　　　　電話02-2218-1417　傳真02-8667-1065
　　　　　電子信箱service@bookrep.com.tw　網址http://www.bookrep.com.tw
　　　　　郵撥帳號 19504465　遠足文化事業股份有限公司
　　　　　讀書共和國客服信箱：service@bookrep.com.tw
　　　　　讀書共和國網路書店：www.bookrep.com.tw
　　　　　團體訂購請洽業務部(02) 2218-1417　分機1124
法律顧問　華洋法律事務所　蘇文生律師
印　　製　博創印藝文化事業有限公司　電話02-8221-5966

出版日期　2024年5月22日
初版二刷　2024年7月10日
定　　價　430元
ISBN　978-626-7279-71-7
ISBN　9786267279700（PDF）
ISBN　9786267279694（EPUB）

國家圖書館出版品預行編目(CIP)資料

迷因國文：我的108課綱古文15篇哪有這麼可愛！／
黃星貿著 . -- 初版. -- 新北市：遠足文化事業股份
有限公司好人出版：遠足文化事業股份有限公司
發行, 2024.05
面；　公分. --（i生活；40）

ISBN　978-626-7279-71-7（平裝）

835　　　　　113005905